Annemarie Nikolaus: La nieta
Quick, quick, slow – Club de baile Lietzensee

"La nieta." Colección: *Quick, quick, slow – Club de baile Lietzensee*
Título original en alemán: „Die Enkelin" Colección: *Quick, quick, slow – Tanzclub Lietzensee*.
Escrito por Annemarie Nikolaus
Copyright © 2013-2021 Annemarie Nikolaus, F-03240 Tronget
Todos los derechos reservados
Traducido por Raquel Madrid López
Diseño de portada © 2021 Annemarie Nikolaus, Foto: Copyright 2015 Caro Sodar .
https://pixabay.com/photos/schloss-charlottenburg-castle-park-1053047/. Pixabay License
ISBN 9782493398079

ANNEMARIE NIKOLAUS

La nieta

Quick, quick, slow — Club de baile Lietzensee

Novela

1

—Delante, delante, lado, centro... —La clara voz de Ines Grube ahogaba la música. Nueve parejas se esforzaban por seguir las instrucciones de la profesora.

Madeline Lagrange estiró el brazo contra el busto de su pareja de baile, para conseguir alejarse un poco más. —¡Robert, me aplastas!

Robert Merck apretó los labios, pero aflojó su agarre. —¿Mejor así? —Su voz sonó con burla. —No sabía que fueras tan frágil.

Ella puso los ojos en blanco. Por eso perdió el compás inmediatamente y Robert volvió a agarrarla fuertemente.

Al pasar bailando por delante de la puerta abierta, lanzó una mirada al gran reloj que colgaba sobre el bar. Parecía que se hubiera quedado parado. ¿No tenía que terminar ya la hora?

Abuelo estaba sentado en la barra y parecía mirarla; sus pies marcaban el ritmo. Después de casi veinte años no había perdido práctica. Tal vez debería practicar con él en vez de con este tipo tan nervioso.

Ines apagó la música e indicó un descanso.

—¡Por Dios! —Madeline se secó el sudor de la frente con el dorso de la mano y se miró los pies. —Mis medias nuevas deben estar hechas una ruina.

—Normal, si siempre pones tus pies bajo los míos.

—¡Así que es eso! —¿Acaso lo encontraba gracioso? Dejó a Robert y se acercó al bar.

—¡Mi Madeline! —George Lagrange le ofreció un vaso de agua mineral mientras la miraba con ojos brillantes. —Eres mucho mejor que tu pareja, ¿quién es, por cierto?

Marga Fischer, que se ocupaba tanto de la oficina como del bar, alcanzó el vaso vacío de George mientras sujetaba una botella de vino tinto en la otra mano para rellenarlo. — Tu nieta lleva el ritmo en la sangre. ¿De quién lo habrá heredado? —Con un guiño se lo rellenó.

—De mi hijo seguro que no. Ha vuelto a hacer saltar por los aires medio laboratorio.

Marga clavó su mirada, asustada. —¡No! —Rió nerviosa. —¡Me tomas el pelo!

—Para nada. Apareció ayer en el periódico. —En su frente apareció una arruga de enfado. —Claro que no me ha explicado qué sucedió. —Cogió el vaso de Marga y se lo devolvió a Madeline. —Así que, ¿con quién bailas?

Ella se encogió de hombros. —Robert Merck. Su padre es compañero de Klaus Wächter, por cierto.

—O sea, familia de policías. —La arruga en el entrecejo de George desapareció. Cuando Robert se acercó a la barra al poco rato, le dirigió una amable mirada.

Robert le pidió una cerveza a Marga. —Me la he ganado.

—¿Qué pasa con el coche? —preguntó Madeline mordaz —. Querías llevarme a casa.

Se sonrojó hasta las orejas mientras Madeline ocultaba su diversión tras el vaso en alto.

George se rascó la barbilla de modo pensativo. —¿Bailará de nuevo con nosotros tras el curso de prueba?

Robert dirigió su mirada a Madeline. —El club de baile Lietzensee tiene muy buena fama, me gusta. Claro, si encontrara una pareja para el círculo.

—Por supuesto. —George asintió contento. —Hasta entonces. —Alzó su copa hacia Robert. —Le he estado observando.

—¿Y qué opina? —Robert se puso tenso. —¿Podré aspirar algún día a la perfección?

—Bah... —Madeline bufó. —¿Qué era eso? ¿Intentando cazar cumplidos, Robert? —No se molestó en disimular su desprecio.

—Hoy no aguantas ni una broma, Madeline, y eso que no te he pisado tantas veces.

George siguió la mirada automática de Madeline hacia sus pies. En el derecho tenía una mancha cerca del tobillo. — Bailar en sandalias no es una idea brillante, deberías comprarte unos zapatos de baile apropiados.

—¿Para qué? En cuanto salga a la calle una vez con ellos estarán para tirar.

—¿A qué se dedica, Robert?

—A nada en especial. —Se encogió de hombros. —Trabajo en la sede del ayuntamiento en Reinickendorf. Pero no es para el resto de mi vida. —Hubo un destello en sus ojos. — Hacer carrera como bailarín de competición... eso es lo que realmente quiero.

—En mi época tuve bastante éxito. Cuatro veces entre los tres primeros del campeonato alemán, y dos veces en el campeonato mundial. —Aunque abuelo nunca había ganado, eso se lo ocultó a los jóvenes. —Mi padre ya estuvo en los comienzos de los bailes en formación antes de la Segunda Guerra Mundial. Ahora Madeline continúa la tradición familiar.

¿Qué se creía? —¡Abuelo! —Madeline agitó la cabeza. — Para conseguir una plaza como estudiante de medicina ya sé a qué tengo que dedicar mi tiempo hasta el *Abitur*.

—¡Eres tan lista, Madeline! No puedo creerme de veras que necesites tanto tiempo para estudiar. —Robert la agarró de la mano. —Esto sigue.

—Aún quiero terminarme el agua. —Se soltó y lo colocó mirando al salón. —Ve yendo.

Robert paseó la mirada vacilante entre Madeline y la sala de baile. La música comenzó a sonar, Ines continuaría pronto. Se puso en marcha, aún dudoso.

—Uf... —Madeline suspiró cuando él estuvo fuera del alcance del oído. —Me-tie-ne-fri-ta.

—¿Cómo así? ¡Es bien simpático! Y ambicioso.

—Pues no es mi tipo.

George sonrió divertido. —¿Y quién es tu tipo?

Madeline miró al techo como ensoñada. —Alto, esbelto, moreno. Adulto.

—Parece que tuvieras a alguien concreto en mente. ¿Estás enamorada de uno de tus profesores?

Madeline rió; no era asunto de abuelo. —Allá voy otra vez.

Pero apenas dio dos pasos. Contuvo la respiración mientras observaba al hombre que se acercaba. Esbelto, hombros anchos; vaqueros y camiseta tan ajustada que se distinguían todos los movimientos de sus músculos. Pelo negro, aunque un poco demasiado corto para su gusto. —¡Guau! —Espiró lentamente. ¿Acaso lo habría conjurado?

Mirándolo por el rabillo del ojo, se giró a Marga. —¿Quién es?

—Chris Rinehart, nuestro *caller*.

—¡Oh! —¿Qué significaba aquello?

—¡Madeline! —Robert estaba haciéndole señas, así que, con un suspiro, se puso en camino.

✳✳✳

La mirada de Chris se clavó en Madeline, mientras ella andaba a trompicones con evidente disgusto hacia el salón de baile. Su hermoso rostro se había quedado congelado en una sombría mueca. ¿Qué hacía esa chica aquí, si no tenía ganas de bailar?

—Buenas tardes, Chris. —Marga lo sacó de sus pensamientos. —He apalabrado una sustitución. Las instalaciones no se pueden seguir reparando.

George arqueó las cejas. —¿Sustitución, Marga? No contábamos con ello en nuestro presupuesto.

—Tampoco con la reparación. Pero es lo que hay. Ya lo he hablado con Werner.

El rostro de George se relajó un poco. —Siempre estás en todo.

Marga inclinó rápidamente la cabeza sobre el fregadero y empezó a meter los vasos vacíos. George deambuló hasta el salón de baile. Chris se unió a él y se apoyó en el marco de la puerta.

La mayoría de las parejas irradiaban una imagen de compasión. Pero lo que Madeline y su pareja representaban se asemejaba más a una lucha que a un vals inglés. ¿Por qué no le dejaba dirigir a él, como debía ser? Claramente no le correspondía a ella.

Sus miradas se cruzaron; Chris no pudo contener la risa. Ella se sonrojó y apartó rápidamente la mirada. Chris no quería apartar su mirada. Aquel mechón rojizo entre su salvaje melena rubia oscura le daba un aire de osadía que encontraba muy atractivo. Encajaba muy bien con el forcejeo con su pareja.

—Si el curso se alargara una tarde podría enseñarles un par de pasos de *square dance* —le sugirió a George.

George se puso tenso. —¡Esto es solo un curso de iniciación a los bailes de salón! —Carraspeó y después su voz sonó menos áspera. —Bastantes problemas hemos tenido para llevar a cabo siquiera un solo curso como asociación.

Marga puso los ojos en blanco, por lo que Chris renunció a replicar.

2

Naturalmente, en la siguiente comida familiar, George se había enorgullecido de que en la familia hubiera de nuevo una bailarina de competición. Konstanze, la madre de Madeline, le recordó que lo que Madeline debía hacer era estudiar para su *Abitur*. Él lo admitió, pero se ofendió cuando Madeline añadió que aprendía a bailar "para casa". Como futura médico le bastaba con desenvolverse. Pero lo consoló al prometerle que continuaría con el baile una vez terminado el curso. Pronto se desharía de Robert.

Pero el viernes a última hora de la tarde seguía sentada en su escritorio estudiando para un examen. De vez en cuando se perdía leyendo uno de los artículos más recientes de medicina en la página web de *PlosOne*. La investigación era sin duda una alternativa entretenida a las acciones en el extranjero de "Médicos sin fronteras". Se quedó mirando pensativa en un póster sobre África colgado en la pared en vez de atender a la pantalla del ordenador.

—¡Madeline, al teléfono! —La llamada de su madre la sacó de sus pensamientos.

Bajó las escaleras a saltos y cogió el teléfono que le tendió su madre.

—¿Tienes el móvil apagado? —El enfado sonaba en la voz de Robert.

—Claro, estoy empollando.

—¿Sabes qué hora es?

Miró su reloj de pulsera. —¡Realmente no era necesario que me llamaras para preguntarme eso!

Alejó el teléfono de su oído y puso los ojos en blanco al oír cómo Robert explotaba al otro lado de la línea.

—¿Por qué no lo cancelaste? —preguntó Konstanze desde la cocina.

Madeline suspiró y tapó el auricular con la mano. —Abuelo se habría decepcionado, *maman*. —Retomó la conversación al teléfono. —Escucha, Robert. Si quieres decirme que me ponga en camino es mejor que te calmes.

—Claro que quiero que vengas. Sé puntual, llama a un taxi. Yo pago.

Que Dios se apiadara de él, si se le ocurría decir una palabra cuando llegara.

Robert la esperaba en el bar, ya calmado. —Marga, una cerveza para mí y para Madeline.

—Robert, no estás en tus cabales. —Madeline lo dejó plantado.

En el pequeño salón de baile había una pareja de pie conversando tranquilamente junto a la ventana. Tras la experiencia del curso Madeline solo se presentaba con su nombre.

La joven le tendió la mano. —Tanja, este es mi hermano Axel. Es mi pareja aquí en el círculo de baile.

¿Pareja? Madeline la examinó desconfiada. ¿Acaso no era como una especie de discoteca? ¡Vaya gracia!

Robert entró con la lata en el salón. —¿Quieres tu cerveza o no?

—No gracias, no me gusta oler a cerveza.

Por un momento pareció herido, luego se encogió de hombros y colocó la cerveza junto al equipo de música. Pero ya había bebido. Cuando la cogió de la mano para el primer baile, Madeline notó el desabrido olor que desprendía.

Robert se pegó tanto a ella durante el vals inglés que sus labios casi rozaban sus orejas. Al menos sus orejas no olerían el aliento a cerveza.

Luego la pisó con toda su fuerza. —Deberíamos aceptar la oferta de tu abuelo y dejar que nos entrenara.

—No tengo tiempo —susurró con voz dolorida—. Tengo que estudiar.

—Una vez por semana. Venga, di que sí.

—Esto ya es una vez por semana, Robert.

La música se apagó e Ines se acercó a ellos. —Madeline, déjame un momento a tu pareja.

¡Con mucho gusto! Ines se puso a dirigir y se encargó de que la cabeza de él estuviera en la posición correcta.

Pero él no se lo tomó en serio, y acto seguido volvió a acercarla a Madeline. La mirada esperanzada que lanzaba al reloj en cada vuelta estuvo pronto bloqueada por un grupo de bailarines que se reunían en el bar. Siguió bailando resignada.

Cuando la hora llegó a su fin, el espacio frente a la barra del bar estaba tan lleno de gente que era difícil abrirse paso. Un rubio larguirucho dio un paso atrás de repente y Madeline le pisó los talones.

—¡Disculpa!

Él se dio la vuelta y ella se fijó en los dos alegres ojos azul-grisáceos. —¡Buen trabajo! No ocurre muy a menudo que una mujer me pise los talones. —La agarró con las dos manos por las caderas. —Me gustaría bailar contigo. —La movió frente a él.

En un primer momento ella quiso replicar a su piropo, pero su risa la apaciguó. —¿Te gustaría inscribirte conmigo para el baile de Carnaval? —Bailaría con cualquiera más a gusto que con Robert.

—¡Aún falta mucho para ello! —Él aún mantenía una sonrisa en su rostro. La guio unos pasos más y luego la soltó.

—¿Qué tal tras hibernar? —respondió ella.

Él se inclinó hacia sus orejas y susurró: —No digas más. Para el invierno tengo mejores planes.

Ella sonrió divertida.

—¿Sin mí? ¿Entonces de qué te quejas?

—¿Y qué más me queda? La semana que viene vuelo a Singapur. —La mirada perpleja de Madeline le hizo reír.

¡Singapur! ¡Cabeza de chorlito! No daba la impresión de que se lo pudiera permitir. Todavía riéndose, salió de la habitación de la asociación. De cualquier forma, siempre terminaba conociendo gente simpática. Una figura morena de hombros anchos apareció en su mente.

3

Como no se fiaba de ella en absoluto, George se presentó el viernes por la tarde tras las vacaciones navideñas para llevar a Madeline al curso de baile.

Poco a poco se fue deslizando sobre las calles heladas hasta el club. —Ines me ha explicado que no congenias con Robert. ¿Os peleáis por guiar?

—¡Él se pelea conmigo! —A lo mejor su abuelo entendería que no quería hablar sobre Robert.

—Pero si es un chico muy majo.

—¿Hay alguien en el club que no lo sea?

Él rió. —¡A veces! Pero no suelen durar mucho.

Al abrirle la puerta para bajar del coche, su mirada se dirigió a las botas de Madeline.

—¿Has traído otra vez sólo las sandalias para bailar?

—No tengo ningún otro calzado *high heel.*

—Tampoco eres demasiado bajita en zapatos planos para Robert.

—Pues a lo mejor bailo con otra persona. —Caminó con dificultad tras él entre la nieve, girando la bolsa de deporte con las sandalias.

Entraron en la sala de la asociación a las seis en punto. Robert todavía no había llegado, pero también faltaba más gente; posiblemente el tiempo tuviera la culpa. Tal vez esta fuera su oportunidad para pescar otro bailarín.

—¿Cómo de estrictos son aquí con los hábitos, abuelo?

Cuando se llega tarde.

Él rió. —Nos cuidamos mucho de reprender a la gente del círculo. Ya es bastante difícil conseguir un número constante de miembros.

Ella se colgó de su brazo. —No sabía que la asociación tuviera un problema.

—Y es que no lo tiene. No más que el resto de asociaciones.

—Ya entiendo... Si todos piensan como yo: Los cursos de baile existen para que la gente no haga el ridículo. Pero luego...

La cara de George se oscureció. ¿Mantenía aún la esperanza de que ella se implicara en la asociación?

Ines se acercó a ellos desde la oficina. —¿Madeline? Hoy Robert no puede venir, pero te he conseguido un sustituto. —Señaló hacia el salón. Junto al equipo, de espaldas a ellos había un rubio larguirucho de pie.

—Lo ves, abuelo, para bailar con él sí que necesito tacones.

¡Tacones! ¿No era ese el tipo al que hacía poco había pisado en los talones? Sea quien fuera, al menos no era Robert.

Siguió a Ines y el hombre se giró. Era él.

—¿Quién es? —le susurró a Ines.

—Hinnerk Martens. Estudia Geología, o Geografía... algo así.

Su sonrisa divertida indicaba que había reconocido a Madeline. —Hola Ines. ¿Es esta la pobre chica que tiene que bailar hoy conmigo?

—Madeline ha empezado a bailar en el último curso de iniciación. Así que no seas duro.

—Como si yo fuera un experto. —En sus ojos había destellos traviesos. —Seguro que nos ponemos de acuerdo enseguida.

— Ahora ya sé que me lo pasaré bien bailando contigo. — Lo miró sonriéndole. —No te quejas de los pisotones.

Él la cogió por el brazo. —A lo mejor estoy planeando una revancha. Ines ha planeado tango para hoy, sería ideal.

—¿Para darme un pisotón en los talones?

—Para darte un pisotón en los talones.

—Debe ser un tanto decepcionante entonces saber que todavía no hemos aprendido ninguna figura complicada.

—Dar pisotones no es nada complicado.

Pero el primer baile fue un vals inglés. Hinnerk agarraba de manera suave, en la posición correcta sobre el omóplato. Ella tardó dos minutos en entender sus señales y relajarse. — Ya sabía yo que sería divertido.

Él se rió y la condujo en un movimiento lateral. —Para ser principiante bailas bastante bien. ¡Qué talento!

—¿Cómo así dijo Ines que eras un suplente?

Hinnerk se encogió de hombros. —Tal vez porque vengo por aquí cuando tengo tiempo, cuando estoy en Berlín.

—¿No vives aquí?

—Aunque estudio aquí, a menudo trabajo en el extranjero.

—¿Y qué tal va?

—Es un golpe de suerte. Voy ganando experiencia en mis estudios y puede que consiga un trabajo para más tarde. — Sonrió burlón. ¿Cómo se había dado cuenta de que ella no lo había creído? —En las vacaciones de Navidad estuve en Singapur, en unas investigaciones geológicas en un nuevo emplazamiento aéreo.

Al final del vals inglés, Ines inclinó la cabeza de modo aprobatorio a Madeline. Con suerte, no iría a contárselo enseguida al abuelo otra vez...

Durante el resto del círculo de baile Hinnerk la entretuvo contándole anécdotas de sus misiones en el extranjero. Al contrario que Robert, daba igual bajo qué luz se encontrara. No le importaba admitir sus errores. Claramente aún estaba aprendiendo, mientras que Robert ya había terminado su formación y tenía un trabajo en condiciones en un organismo de la administración.

Hinnerk se mostró cada vez más simpático con ella, lo que al final ella buscó un truco para poder bailar de nuevo con él.

—Aún sigo sin saber por qué solo bailas como sustituto. Se te da realmente bien. —A lo mejor, si lo adulaba un poco...

— ¿Acaso es porque al trabajar fuera te falta una pareja de baile?

Rió ladino. —¿Te ofreces? —Ella se puso roja y una chispa de travesura brilló en los ojos de él—. No te avergüences de haberlo preguntado. —Su mirada se iluminó. — Podrías ser un motivo para hacer de esto algo regular.

—¿En serio? —Todas sus esperanzas estaban puestas en su mirada.

Él le aplastó la nariz. —Pero hay dos cosas en contra. Una, que ya tienes pareja.

Ella torció la cabeza.

—¡Ajá! —La miró pensativo por un momento. —Dos, que realmente todo esto del baile de salón no me fascina. Es demasiado... —Se encogió de hombros.

—¿Por qué bailas, entonces?

—¿Porque soy un tío simpático, por ejemplo? —Sonrió insolentemente.

—¡Me tomas el pelo! —Le dio un pisotón.

—Eso ha sido a propósito, Madeline. No está bien por tu parte.

—Tal vez yo no soy una tía tan simpática. — Resolló. — Estás en la asociación, por algo será. Si no, ¿por qué no dejarlo?

—Porque la asociación ha decidido de repente organizar un grupo de *square dance*. ¡Eso sí es divertido!

Madeline lo miró con desconfianza. —¿A sí? ¿Dónde está la diferencia?

—No lo sé... tal vez la gente. O la música. —Volvió a encogerse de hombros. —Ya lo verás.

¿Por qué lo decía? —No tengo tiempo para venir.

—También bailamos los viernes.

Se le encendió la bombilla. —¿Por eso estabas aquí la última vez?

Él asintió. —Variamos entre viernes y martes. Depende de los turnos de trabajo de Chris. —Chris... aquel hombre extraordinario, al que había encantado. Ahora se ponía interesante.

—¿Toda esa gente que estaba en el bar?

—Se necesita mucha gente, si no, no se puede bailar. —Se quedó de pie mirándola pensativo. —¿Tienes idea de qué es el *square dance*?

—¿No lo sabe todo el mundo? Si aparece en todos los *western*.

Le lanzó una mirada un tanto recelosa, pero pareció conformarse con la respuesta. ¿Debería decirle que sí? Al final lo había entendido al revés. Si los bailarines de *square dance* se reunía los viernes, ella podría quedarse a mirar fácilmente.

4

Al viernes siguiente llamó a Ines y le preguntó si Robert volvía a faltar y bailaría con Hinnerk. Seguro que a Ines le pareció un tanto extraño, pero le dio igual.

—Lo siento, sí que viene —llegó a escuchar Madeline. Ines rió por lo bajo. —Lo digo totalmente en serio, ya me he dado cuenta de que no llegas a entenderte bien con Robert. ¿Por qué no le dices que no quieres bailar con él?

—Porque entonces se quedaría sin pareja de baile.

—¿Y se marcharía a otra asociación? Madeline, no dejes que se convierta en tu problema.

Ella suspiró. —Me gustaría aprender más por mí misma. Por eso no quiero... ofenderlo.

—No puedes hacer otra cosa. Será antes o después. ¿Quizás deberías decírselo cuanto antes?

Se estaba volviendo algo demasiado personal, así que cambió de tema rápidamente. —Eso, así que Hinnerk no estará esta tarde.

—¡No con nosotros! —La voz de Ines de repente sonó un tanto mordaz, ¿no le caía bien Hinnerk? A lo mejor tan sólo apreciaba su disposición para unirse de vez en cuando. Los adultos pensaban de una forma demasiado complicada.

Madeline se puso delante del espejo con dos faldas. "No con nosotros", eso significaba que Hinnerk sí que estaría ahí cuando el círculo de baile acabara. Se decidió por la falda de seda con mucho vuelo que le llegaba justo hasta la rodilla.

Mientras perfilaba sus labios en el baño con un delineador, Konstanze subió y se quedó mirándola desde la puerta con una mirada de sorpresa. —Me parece que hoy te preparas para una batalla. —Esbozó una sonrisa. —¿Te presto algo de mi pintura de guerra? Tengo un lápiz de ojos que te hace juego con la falda.

Se dirigió al tocador y buscó el lápiz sin escuchar el balbuceo con que contestaba Madeline. Se sentó en el taburete y le hizo agacharse entre sus piernas. —¡Cierra los ojos! —El pincel se deslizó dibujando la línea de sus pestañas. —¡Abre los ojos! —Konstanze contorneó el borde inferior de sus ojos. Luego, asintió contenta. —Así todos se volverán a mirarte. No podrás salvarte de tener parejas de baile.

—Pero *maman*, ¿no sabes que ahí todos tenemos nuestra pareja fija?

—¡Claro que sí! Pero también sé que te gustaría tener otra pareja. —Volvió a guardar el lápiz. —Si no te lo pasas bien, puedes dejarlo, de veras. En la discoteca también se hace mucho "deporte".

—Si abuelo te oyera...

—...le daría un ataque al corazón. Pero no me oye. El hecho de que ese Robert no te agrade es suficiente motivo para dejarlo.

Madeline la abrazó. —Gracias por estar de mi parte.

—¡Para eso están las madres! —Un pensamiento tranquilizador. A Konstanze se le ocurriría algo para solucionar la situación sin ofender demasiado a abuelo.

El círculo de baile estaba reunido al completo; Robert, de pie en la barra de nuevo con una cerveza en la mano. La cólera pronto se apoderó de Madeline. ¿Acaso era estúpido o ignoraba a propósito que le parecía repugnante bailar con un tufo a cerveza?

Él estiró su mano libre hacia ella. —Esta tarde estás aún más guapa. Increíble. —Tiró de ella para acercarla a él, aunque ella se puso notablemente tensa.

¡Vaya ignorante! —¿Y eso? —Dibujó una sonrisita empalagosa y se agarró a un taburete. —¿Acaso estoy hoy muy diferente? ¡Pero me has reconocido!

—Te reconocería en cualquier lugar y con cualquier atuendo. —Puso morritos. ¿Pero cómo podía un hombre adulto comportarse como un adolescente de instituto? Claro; a los veintitantos no se era adulto para nada cuando se trataba de hombres.

No había ni rastro de Hinnerk, pero aún era demasiado temprano para los bailarines de *square dance*. ¿Y si hoy no bailaban?

—Marga, ¿por qué los bailarines de *square dance* no se reúnen en un día fijo? Lo hace más complicado para organizar las salas.

—Tienen dos días fijos; solo que no siempre los aprovechan como grupo. A menudo vienen solo un par de parejas para un entrenamiento libre.

—¿Y eso por qué?

—Por eso. —Marga señaló hacia la puerta y Madeline se giró.

Un bombero entró en la sala.

—¿Qué...? —Chris, el hombre al que Marga había llamado *caller*. Después de haberlo consultado en Wikipedia, sabía que era una especie de entrenador para los grupos de *square dance*. —¿Qué hace él con los bomberos? —Tenía huellas de hollín en la cara y parecía agotado.

—Servicio sanitario. Chris no siempre puede organizar su turno para entrenar al grupo. Incluso de vez en cuando avisa en el último minuto de que no puede venir.

—Porque hay fuego en alguna parte.

Chris se dio cuenta de la mirada de Madeline y respondió con una sonrisa divertida. ¿Qué encontraba divertido? Una luz bailaba en sus ojos castaños, dándoles reflejos dorados.

Se acercó a la barra con los brazos flexionados. —Marga, ¿me abres las duchas por favor? No me gustaría ir dejando huella por todas partes.

Marga cogió la llave bajo la barra.

—Ya lo hago yo. —Madeline la alcanzó. —Tú ya tienes bastante que hacer aquí.

—Eres nueva. ¿Ya te lo conoces?

Madeline abrió la boca para darle una contestación respondona; así Robert gruñiría enfadado. Asintió, la mirada fija en Chris. Seguro que no lo había dicho con mala intención.

Molesta, se bajó del taburete del bar. Él no podía ayudarla, naturalmente, pero Robert sólo habría tenido que estirar una mano. Por lo demás bien que solía agarrarla.

Caminó junto a Chris por el pasillo. —¿Ha sido muy malo? —Ojalá que Robert se enfadara si hablaba con él.

—¿El fuego? —La luz desapareció de sus ojos. —Un niño. Pero ha salvado la vida.

—¿Qué haces, primeros auxilios?

—También. —Señaló a una de las puertas. —Me ducho ahí.

Después de que desapareciera en la ducha, se quedó un momento de pie, indecisa. Le habría gustado charlar más. Sanitario del cuerpo de bomberos en ocasiones de incendios; seguro que era emocionante. Hasta ahora solo había pensado en las ambulancias y el médico de urgencias. Quizás también trabajaba con ambulancias.

Robert tenía una cerveza nueva frente a él.

—¿Te quieres beber eso ahora? —Miró al reloj. —Vamos a empezar ahora mismo.

—¡No estabas aquí! —refunfuñó.

—¿Cuánto te piensas que se tarda en abrir una ducha?

Lo dejó plantado y fue a la sala de baile. Werner Heinemann, el tesorero, estaba solo esa tarde y dispuesto a bailar con ella. Pero en cuanto sonaron los primeros compases, Robert llegó como una bala. Sin preguntar, la apartó de un tirón. De lo inesperado que fue, Werner se olvidó de protestar.

—¡Robert! —La estridente voz de Ines ahogó la música.

—Lo tengo todo bajo control —gritó igual de alto. Por desgracia. Pero esta era la última tarde que bailaba con él.

La segunda vez que ella le pisó los pies se quedó parado. —Si sigues así nunca serás una buena bailarina.

Ella se soltó. —¡No puedo concentrarme si estás echándome continuamente tu aliento a cerveza en la cara!

—Pues yo quiero aprender de todas maneras. —La vena de la frente de Robert empezó a latir, la agarró con más fuerza. —Ven aquí.

—Entonces búscate una pareja que sea capaz de cumplir con tus exigencias. —Aunque no debería pisarle a propósito, tampoco quería parecer una incompetente.

En ese instante la distrajo la risa de Hinnerk, que llegó hasta la sala de baile, y lo pisó otra vez. El griterío en el bar se hizo más alto, así que Ines cerró la puerta. Madeline se controló y aguantó el resto del círculo de baile sin más incidentes.

Esperó hasta que el resto salió de la sala. —Robert, tal vez deberías buscarte otra pareja de baile.

—¡Pero Madeline! Tu abuelo...

—...no tiene que bailar contigo. Siento mucho que estés tras de mí. Yo-no-qui-e-ro.

Robert clavó la mirada en ella. En su rostro se mezclaban la incredulidad con la desilusión, la desilusión con la rabia. — También me lo podrías haber dicho antes.

¿De qué le habría servido? Mejor no se lo preguntaba, no necesitaba esa discusión.

La risa de Hinnerk sonó otra vez, la sedujo. Estiró el cuello. Tanja Walters estaba de pie junto a él. ¿De dónde aparecía ella de repente, ahora que el círculo de baile ya había terminado?

Robert siguió su mirada. Dio un buen repaso a la joven. —Bueno, entonces... entonces seguro que no nos vemos el viernes que viene.

—Lo siento. —Pero no era verdad, lo había dicho sin reflexionar.

Una segunda mujer se había unido a Hinnerk y Tanja; claramente mayor, quizás treinta y muchos. Discutieron, según sus movimientos, sobre pasos de baile.

Tanja, de repente, sacudió con fuerza la cabeza cuando alguien se le acercó por detrás y la agarró del hombro. Se dio la vuelta riendo y lo saludó con un beso. Luego se acercó a Madeline.

—¿Dónde has dejado a tu hermano? —preguntó Madeline.

Tanja se encogió de hombros. —Ha agarrado una buena gripe. Por eso me he saltado hoy el círculo de baile; lo hago solo por amor a Axel.

—¿Y por qué sigues aún aquí?

—Por eso. —Tanja señaló al gran salón al otro lado.

Madeline la miró perpleja. —¡No me digas que también bailas *square dance*!

—Claro, ¡es mucho más divertido!

—Hinnerk también ha dicho eso.

—¿Qué pasa conmigo? ¿Me habéis estado criticando? —De repente, estaba detrás de ellas.

Tanja rió y se apoyó en su hombro. Madeline sintió como envidia.

—¿Es Tanja tu pareja?

—No. —Rió divertido. —Ha encontrado a alguien mejor.

—Señaló a un hombre de muy buen aspecto, cuyo cabello era aún más rubio que el suyo.

—Serías tan bueno como Micky si bailaras regularmente. —Tanja bajó la voz. —Y tuvieras una pareja con talento.

Hinnerk se encogió de hombros. —Es así, qué le vamos a hacer. Y mientras Bettina me soporte...

Chris se acercó a grandes zancadas por el pasillo. Había cambiado el uniforme por unas botas de estilo *western*, unos ceñidos vaqueros negros y una camisa roja. Su cabello relucía por la humedad de la ducha, y traía una alegre sonrisa en su rostro. ¡Menudo hombre!

Su mirada se cruzó con la de Madeline y su sonrisa se intensificó.

Lentamente llegó hasta el bar, con la vista puesta en su rostro. —¿Te has quedado por nosotros? —¿Cómo se le había ocurrido?

Antes de que ella pudiera negarlo, Hinnerk respondió. — Le he propuesto a Madeline que se quede a mirar —dijo —. Porque realmente no le gustan los bailes de salón.

—¿Mirar? —Chris sonrió. —Mejor que lo pruebes directamente.

Tanja frunció el ceño. —Pero... —Se giró y guiñó a su pareja. —Micky, ¿puedo prestarte?

—¡Por supuesto que no! —Miró alrededor como buscando algo. —¿Con quién podría engañarte?

Ella se enganchó a Madeline. —Madeline es nueva en la asociación y todavía no está comprometida. Podríamos ganárnosla para nuestro grupo si le causas una buena impresión.

—Oh, ya veo. —Micky puso una cara embarazosa. —Justamente a mí me asignáis esa tarea de tanta responsabilidad.

Madeline escuchó el intercambio de palabras cada vez con más placer. Luego, sin embargo, sacudió la cabeza. —Primero miro. Es cierto que algo he leído, pero aún no tengo una idea concreta. —Su mirada se dirigió a Chris. —¿Trabajas con el grupo como algo más que entrenador de baile?

—Chris no es ningún entrenador, es nuestro *caller*. —Micky le dio un pequeño golpe en los labios. —Indispensable. Astuto.

—¿Astuto? —Madeline se quedó con la boca abierta.

—A veces las cosas que se le ocurren se pasan de la raya. No pueden hacerlas ni los americanos de verdad.

Chris rió. —¿Acaso yo no soy un americano de verdad?

—Tú no tienes que realizar lo mismo que nos pides a nosotros.

—Vamos a empezar, antes de que se queme algo otra vez. —Chris señaló hacia el salón. —Estoy de guardia.

Madeline se sentó en un taburete del bar dispuesta a observar.

Los bailarines formaron dos cuadrados. Chris miró hacia ella; su sonrisa se volvió provocadora al hacerle un guiño. Ella se sonrojó y se volvió rápidamente a Marga.

—Mañana no tengo que empollar. Ponme un *prosecco*, por favor.

—¿Qué te pasa?

Ella sonrió. —Ahora mismo celebro mi liberación de Robert. Espero que encuentre la próxima pareja en otra asociación.

—No es un mal tipo, Madeline. Un poco solitario, nada más.

—No me sorprende. —Al oír la voz de Chris, lanzó de nuevo una mirada al salón de baile. Estaba hablando en inglés y tenía un tono de voz que sonaba fuerte y enérgico. —Se le oye el doble que a Ines. ¿Tiene que dictar todos los pasos?

Marga rió. —¿Qué pensabas? De no ser así, sería un caos total. —Sonrió divertida. —Aunque es un caos de todas maneras.

Chris daba órdenes. Los bailarines se movían en círculo, las mujeres en el sentido de las agujas del reloj, los hombres en sentido contrario; de pasada se daban la mano. Luego se volvió complicado; se encontraron de alguna manera en el centro de los *squares* y de repente, cada uno tenía otra posición.

—Corros para adultos. ¿Acaso hay torneos de *square dance*?

—No puedes compararlo. Es más como... reuniones familiares, o algo así.

Madeline rió para sus adentros. —Típicamente americano también. —Se dio la vuelta completamente hacia el salón.

Su mirada volvió a cruzarse con la de Chris y entonces le ofreció un brindis. Pero en vez de ayudarle a superar su vergüenza, se sintió aún más cohibida por su mirada. De cualquier manera, tenía muy pocas similitudes con los americanos que de pequeña había visto en el barrio de Zehlendorf. Nada de pelo pincho, nada de chicle en la boca. Pero tal vez los americanos fueran diferentes desde que ya no eran ocupantes, como abuela siempre le había dicho.

Fue hasta una pareja y tomó el lugar del hombre. La bailarina rió al girar entre sus brazos. Incluso a esa distancia se hizo obvio que Chris se puso tenso, como si con el movimiento se hubiera acercado demasiado. ¿Estarían las mujeres del grupo tras de él? Probablemente un hombre con tal aspecto no dejaría que se le pasara nada.

Luego Chris encendió la música, sonaba sorprendentemente moderna. Los bailarines se movían al ritmo de la música en sus posiciones; Chris cogió el micrófono. *And bow to the partner... join and circle to the left, circle to the right and promenade...* Las *calls* se asimilaban cada vez más a la melodía. Luego se puso a cantar.

Madeline clavó su mirada en él con la boca abierta. Su voz

era sonora y profunda, y tan *sexy* que cortaba la respiración.

Cuando sus miradas se encontraron de nuevo, él rió. La miró riendo y la tentó con un movimiento de la mano a que se acercara. Su risa llegaba hasta sus ojos y se lamió el labio superior; un movimiento lento, sensual. ¿Qué pensamientos eran aquellos, que entraban sigilosamente en su mente? Nadie la había mirado así todavía.

Él la atrajo, ella se deslizó del taburete y fue hasta la puerta del salón.

Chis volvía a cantar, los bailarines regresaron con sus parejas originales y las hicieron girar en círculos. Él lo observó todo hasta que el movimiento terminó y todos quedaron en sus posiciones de nuevo.

Luego bajó la música. —Tengo una nueva secuencia... Una pareja para enseñarla... —Su mirada pasó de una a otra, luego se dirigió a un lado. Sus ojos brillaban con picardía cuando se acercó a Madeline. —Como esto no se lo sabe nadie, no tienes que asustarte.

Ella se estiró espontáneamente. —¿Por qué debería asustarme? —Pero aun así dio medio paso atrás cuando él le tendió la mano. Si no quería hacer el ridículo, tendría que seguirlo.

—Sólo quería mirar —le susurró al oído. El olor de su champú le subió por la nariz.

Chris acarició con su pulgar el dorso de su mano, se le secó la boca. —No es difícil— susurró de vuelta.

Madeline se concentró en sus pies mientras él explicaba la sucesión de pasos y le dirigía en el movimiento. Su mano izquierda se apoyó en su cadera y la condujo con una leve presión. Ella miraba testarudamente hacia abajo.

Después de haber enseñado despacio dos veces la corta sucesión, volvió a subir la música y la bailó con ella. No solo le dio más ímpetu, en el giro tiró de ella para acercarla mucho más a él. Cuando la tuvo en sus brazos, mantuvo la posición un momento. Su aliento acarició su rostro y ella notó cada músculo en su omoplato.

Con Robert ya habría empezado a quejarse mucho antes. Incluso antes de estar tan cerca. Pero esto no se sentía como si él la agobiara. Miró a Chris directamente a los ojos. Los pliegues de su sonrisa se hicieron más profundos cuando se dio cuenta. ¿Cuántos años podría tener?

Se inclinó sobre su oído. —¡Lo estás haciendo bien!

Madeline rió nerviosa. —Sería mucho más bonito si me pusieras en ridículo.

Él asintió. —Entonces sería un mal profesor. —Él se quedó de pie y la dejó libre para poder dirigirse al círculo. —¿Entendido? —Agarró el micrófono; luego miró con el ceño fruncido a Madeline. —Tanja, ¿prestarías tu pareja a Madeline unos diez minutos?

Tanja rió. —Ya lo había previsto. —Salió de su *square* y fue hacia Madeline. —No seas cobarde.

Madeline estiró la cabeza. —Ya he dicho...

Tanja la interrumpió con una carcajada. —Compañeros en prisión, compañeros en la horca.

Chris frunció el ceño desconfiado. —¿Y eso qué significa?

—Es un dicho antiguo. De la Edad de Piedra o por ahí. —Madeline levantó aún más su barbilla y se colocó junto a Micky. —Por lo menos no te arriesgas a ningún pisotón si aceptas este trueque.

—Eso inclina la balanza claramente hacia el *square dance*, ¿no crees? —Micky la agarró y Chris comenzó las *calls*. Para horror de Madeline, sin embargo, no empezó con lo que acababa de ensayar con ella. Vaciló, pero Micky la arrastró en la dirección en que debía girar.

Su mirada encontró de nuevo a Chris. La vio provocadora. Por supuesto que no se iba a rajar, ¿qué se creía?

Poco después empezó a susurrar con Tanja con la vista continuamente dirigida hacia Madeline. La mirada de Tanja era cada vez más maliciosa.

—No vas a lograr salir de aquí, Madeline. —Micky también sonreía pícaro. —Tanja está tramando algo. —Intercambió una conspiradora mirada con Hinnerk, al darse la mano. Cuando Madeline miró de reojo al reloj sobre el bar, habían pasado más de diez minutos desde que empezó a seguir a Micky. No lo parecía en absoluto. El tiempo había volado en un santiamén.

Chris puso una música más rápida. Luego paró el CD y se acercó a ella. —¿Quieres quedarte hasta que acabe la hora?

Que si quiera lo preguntara, la sorprendió aún más. Buscó una señal de Tanja y cuando ella asintió, estuvo de acuerdo. Hinnerk hizo un amago de ovación, naturalmente. Ella rió muy alegremente, antes de que Micky le explicara qué esperaba de ella ahora.

Este baile tenía muchos giros rápidos y su *square* alcanzaba su punto álgido con tonterías y carcajadas. Chris sonreía de pie frente al equipo y cantaba las *calls*.

Madeline miró radiante a su pareja de baile, luego a Hinnerk, y finalmente también a Chris. Era inconcebible que abuelo tuviera tal grupo en su asociación. No le pegaba para nada.

Después de la clase se reunieron todos en el bar y Marga puso dos botellas de *prosecco*, una de tinto *Beaujolais Primeur* y una de blanco *Edelzwicker* sobre la barra.

—Mi ronda —dijo un hombre, que debía tener la misma edad que Chris. Extendió la mano hacia Madeline. —Soy Norbert Kaminski. ¿Bailas ahora con nosotros?

—Sssí. —A Madeline se le subieron los colores. —Estoy en el círculo de baile y tenía curiosidad. Antes habría dejado el baile.

Chris la miró. —¿Cómo así?

—No tenía tiempo. —Madeline se encogió de hombros. —Necesito sacar la mejor nota en mi *Abitur*.

Norbert rió. —No es sano pasarse todo el día pegada a la silla o al escritorio. Ya sabes, *mens sana...*

Madeline rió para sus adentros. —Acabas de descubrirte. ¡Eres profesor!

Las carcajadas de los presentes y el rojo intenso en el rostro de Norbert corroboraron que había dado en el blanco.

Hinnerk se acercó a Madeline por detrás y le alcanzó un *prosecco*. —Me he fijado en que bebes continuamente este espumoso.

Su segundo vaso, de vino tinto, se lo dio Norbert, quien frunció el ceño.

—He sido más rápido. —Hinnerk esbozó una sonrisa.

—Hoy era mi ronda. —Norbert lo miró sombrío.

Hinnerk le dio una palmada en el hombro. —¡Venga! Mejor guárdate el dinero, si no, solo vas a conseguir el enfado de tu ex.

—¿Ahora queréis discutir quién de vosotros está más pelado? —Tanja dio un buen trago a su Edelzwicker. —No podréis ganarme.

—Entonces deberíamos pagarte una ronda extra. —La muchacha lujosamente peinada con la que Norbert había bailado dio un suave golpe a Tanja en el costado. —O podría darte algo de dinero de mis propinas.

A pesar del recargado peinado, a Madeline la muchacha le cayó bien de golpe. De repente se dio cuenta de que muchos del grupo le parecían simpáticos a primera vista. —¿Trabajas en un restaurante?

La muchacha apretó los labios, por un momento pareció muy exasperada. —¡No! —De nuevo el aire exasperado. — Aprendo peluquería.

—¡Oh, por eso llevas un peinado tan genial!

—¡Pero eso es lo único que Carola ha conseguido con esa formación! —La expresión de Norbert reflejó los pensamientos de Carola.

—¿Por qué sigues aprendiendo entonces? —Madeline se puso roja al preguntar; ojalá no fuera demasiado inoportuna. Pero Carola simplemente se encogió de hombros. Está bien, ni tocar el tema.

Carola se volvió hacia Chris e inmediatamente el mal humor desapareció de su cara y su comportamiento. Sus ojos brillaban de placer al hablar con él. Seguro que estaba loca por él.

Madeline empezó a morderse el labio inferior nerviosa. ¿Por qué siquiera le molestaba? Encontró la atenta mirada de Marga y se volvió a sonrojar. A toda prisa dejó su vaso medio lleno sobre la barra. —Por desgracia, debo volver a casa. ¡A empollar! —Sacudió las dos manos para despedirse de todos a la vez.

Cuando se hubo puesto el abrigo e iba hacia la puerta, Hinnerk fue tras ella. —¿Vendrás la próxima vez?

Ella le devolvió la mirada. —¡No lo sé! —Chris había apoyado su mano en el brazo de Carola. —No, no creo, tengo que estudiar para mis exámenes.

Hinnerk asintió. —Claro, eso es más importante que el baile.

—¿Pero? —Madeline hizo una mueca instintivamente. — Ese tipo de frases siempre sigue con un "pero".

—No tengo ningún argumento que no conozcas ya.

Chris había sacado su móvil y leía con las cejas arqueadas un mensaje. Ella abrió la puerta y bajó lentamente las escaleras.

Al poner los pies en el patio, Chris se abalanzó sobre ella. ¿Acaso había fuego otra vez en alguna parte? Ya solo se usaban estufas como calefacción en los barrios antiguos...

5

El martes al mediodía, Madeline vio parpadear un correo de Hinnerk en su bandeja de entrada. ¿De dónde había sacado su correo electrónico? Bettina había cogido una gripe y quería que fuera su sustituta. "Ya que tengo tiempo para bailar" se despedía en su correo, "seguro que no quieres que me quede mirando". Seguro que Marga estaba metida en ello.

Madeline cerró los correos, abrió el chocolate y se dedicó a sus deberes: una redacción sobre la seriedad de Hollande para cumplir sus promesas electorales. *Il n'y a pas les moyens...* empezó enérgicamente. Luego desplazó el teclado. ¿Cómo podía justificar que no era su culpa, a pesar de estar en el poder?

Pensativa, mordisqueó el chocolate. Luego volvió a abrir el gestor de correos. Hasta que se le ocurriera algo, podía contestar a Hinnerk. Era demasiado amable como para fingir que no había leído su correo a tiempo. Para ser sincera, también era demasiado amable como para condenarlo a mirar.

Miró el reloj y echó cuentas. Si conseguía escribir la mitad del texto para las cinco, podría terminar el resto tras el square dance.

"Hola Hinnerk, estoy haciendo los deberes. Si me dices rápidamente tres razones por las que Hollande incumplirá sus promesas electorales a su pesar, voy esta tarde al *square dance*". Mandó el correo y bajó para coger una botella de zumo de uva.

Cuando volvió a la habitación, un aviso nuevo de correo

parpadeaba en la pantalla. Hinnerk le había mandado lo que necesitaba. Increíble. A lo mejor los geólogos también tenían que estar al día de la política de los países donde trabajaban.

Ahora no le quedaba nada más que cumplir con su parte del trato. Para ser sincera, hasta le alegraba. "Eres un sol" le escribió de vuelta, "hasta ahora".

Poco antes de las cinco ya había terminado la redacción; en todo caso sólo necesitaba pulirla un poco. Nunca había sido tan rápida. Como si el ímpetu del baile llegara hasta su escritorio.

Un minuto antes de que empezara el entrenamiento subió corriendo las escaleras para llegar a las salas de la asociación. Los bailarines de *square dance* ya estaban en el salón, Hinnerk incluido. Había confiado en que ella cumpliera su palabra. Se fiaba de ella, era una buena sensación.

—He escrito todo el texto —explicó mientras se quietaba el abrigo.

Él se acercó riendo. —Y hasta has sido puntual.

Ella dejó que la cogiera de la mano y la llevara a su sitio. —Gracias a tu ayuda. Tus ideas eran geniales.

—Me alegra que hayas venido, Madeline. —La cálida voz de Chris provocó una vibración a lo largo de su espalda.

Su mirada hizo que otra vibración le recorriera la espalda. Apartó la vista rápidamente, pero sabía que él no le quitaba ojo. Aquí era la principiante absoluta, por eso se preocupaba por ella. Sin embargo, una voz en su cabeza le decía que ese no era el motivo.

Tras anunciar las *calls* con las que empezaría, se acercó a Madeline. —¿Lo has entendido?

—Eso espero.

Con un ademán le indicó a Hinnerk que bailara y guiara a Madeline en las figuras mientras Chris repasaba las *calls*. Al final asintió. —Lo has hecho bien, Madeline. —Dio un paso atrás. —Y ahora, todos. —Puso la música.

Madeline a menudo iba con retraso, porque no entendía lo suficientemente rápido lo que debía hacer. Pero eso no parecía arruinar el humor de nadie; el de Hinnerk el que menos. Cada vez que se separaban, él le iba gritando instrucciones excesivamente detalladas. Los demás pronto empezaron a hacer lo mismo, y en diez minutos su *square* se había convertido en un lío de gente.

A mitad de la melodía Chris quitó la música. Madeline se giró hacia él, confundida. No podía haber ido bien.

Él se rió. Ella tomó aire sorprendida. En todos los otros grupos de la asociación ahora tocaría un sermón del entrenador, de eso estaba segura.

—¿Difícil, Madeline? —¿Por qué tenía que mencionar su nombre en cada frase?

Ella cambió su peso de un pie al otro, incómoda. —Es todo muy diferente.

—Eso seguro. Pero has estado bien. Aun así, vamos a repetirlo todo.

Madeline sentía como si tuviera alas al bailar. Y se equivocó pocas veces. Entretanto, se acostumbró al inglés estadounidense de Chris; en el fondo, era incluso más fácil de entender que el británico que aprendía en el instituto.

—Una vez despacio y sin música. —No se trataba de una repetición; sino de una sucesión nueva de *calls*, algo evidentemente nada habitual para los otros. Chris les dejó parar varias veces y repetirlo.

—Creía que eso lo podéis hacer todos —le susurró Madeline a Tanja al oído cuando se cruzaron una vez.

—Lo complicado es el orden de las *calls*. Chris está inventándose algo nuevo continuamente.

En el siguiente encuentro con Tanja, Madeline le preguntó: —¿Y ya funciona? ¿Siempre diferente? Es completamente distinto a la formación latina.

—Por eso esto es mucho más divertido. —Tanja mandó traviesa a Madeline a los brazos de Hinnerk dando vueltas.

—Error, Tanja —dijo Chris.

Tanja se quedó quieta. —Ha sido a propósito.

Chris extendió el índice con una sonrisita. —¿Tienes que dar un espectáculo cada vez que hay un novato en el grupo?

—Como si fuera muy a menudo.

—Claro. —La mirada de Chris se fijó en Madeline. —Pausa de cinco minutos y luego todo con música. —Repitió la sucesión de *calls*. —Recordadlo.

Tanja torció el gesto. —Eres un abusón, Chris.

Él se encogió de hombros divertido y buscó otra melodía. Madeline se sorprendió de nuevo sobre el ambiente del grupo. Nadie parecía tomárselo en serio y, sin embargo, eran buenos. De hecho, el segundo *square* era muy bueno. Y estaba segura de que el suyo también lo sería cuando no tuvieran que lidiar con ella.

Se prometió hacerlo todo bien en la siguiente repetición. En silencio, intentó repasar el orden de *calls*. Hinnerk escuchó atento para ayudarla cuando perdiera el hilo. Chris los observó, pero no se entrometió.

—¿Te sabes el orden? —le preguntó Chris a Hinnerk tras la pausa. Cuando asintió, le pasó el micrófono y cogió a Madeline de la mano.

¿Intercambiaban los roles? El pánico se apoderó de Madeline. Cuando Chris colocó el brazo en su cintura se le humedecieron las manos de nervios.

La boca de Chris quedaba a la altura de su oído. —No temas, no muerdo —lanzó un ladrido gutural—. No ahora.

—Pero a veces sí —se atrevió a replicar.

—En ocasiones especiales. —Lo que leía en sus ojos indicaba claramente una ocasión concreta. ¿A qué tipo de pensamientos le conducía ese hombre? Era realmente demasiado mayor para ella. Seguro que no tenía nada de complejo paternal; ninguna chica podía desear un padre mejor que Bruno.

—¿Madeline? —Su voz la acarició. —No has prestado atención. —No era un reproche, solo una constatación.

Sólo consiguió balbucear su disculpa. —Hoy estoy algo nerviosa... —"Tú me pones nerviosa" debería haber dicho en verdad.

Chris aumentó la presión de la mano en su cadera; se sentía bien. —¿Te he dicho ya que no muerdo? Pues confía en mí.

Madeline contuvo el aliento. Sabía perfectamente a qué se refería. Y confiaba en él.

El resto de la tarde intentó concentrarse en el baile. Cuando Hinnerk volvió a ser su pareja, evitó mirar hacia Chris. Pero sentía cada vez que él posaba su mirada en ella. Es demasiado mayor para ti, se decía sin parar, y estrechaba el contacto con Hinnerk. Pero cuando él reaccionaba, se avergonzaba. No estaba bien que coqueteara con él, si él no lo veía también como un pasatiempo. Y de eso no estaba segura.

El entrenamiento terminó y Tanja apoyó el brazo en el hombre de Madeline. —Esto es mucho mejor que el círculo de baile, ¿no crees?

Realmente eso no se lo podía negar.

Hinnerk brillaba de esperanza. —¿Vas a participar entonces?

No, no podía de ninguna manera. Tenía que evitar a Chris y no debía dar falsas esperanzas a Hinnerk. —No puede ser. No tengo pareja. De todas maneras, por los viajes de Hinnerk más bien os falta un hombre.

—No dejes que eso te lo impida, Madeline. —La costumbre de Chris, de mencionar siempre su nombre la ponía cada vez más nerviosa. Él se acercó y le habría gustado poner pies en polvorosa cuando la miró directamente a los ojos. —A más de una bailarina le gustaría poder faltar a una actuación sin arruinar todo.

—Por el momento todas se sienten obligadas a venir a cada entrenamiento si no andan a gatas. —Carola le pasó un vaso de *prosecco*.

—Y yo no hago que organizarse sea fácil para la gente al estar cambiando continuamente los días de entrenamiento. —Chris la miró dolido. Tenía la sospecha de que él no quería que ella volviera por el bien del grupo.

Su respuesta fue automática. —Tengo que empollar. De hecho, no tengo nada de tiempo para bailar.

Tanja refunfuñó. —A mí no me vengas con eso. Yo también fui al *Collège Français.* —Rió ante la irritada mirada de Madeline. —Y para el círculo de baile tenías tiempo.

Madeline se sonrojaba cada vez más mientras buscaba la siguiente excusa. Pero la expectante mirada de Chris le hacía imposible pensar. —Primero debería aprenderme vuestras figuras. Es todo tan distinto de los bailes de salón... —La mirada de Chris era cada vez más intensa; ella sabía perfectamente en qué estaba pensando. —Yo... lo hablaré con mis padres. —Seguro que ahora la tomaba por una cobarde.

La mirada de Chris mostraba su incredulidad sin disimulo. —¿No eres tú quien mejor sabe cuánto tiempo necesitas para estudiar? —De repente apareció una cálida sonrisa en su rostro; ¿otra vez sabía lo que ocurría? —No queremos convencerte, no sería bueno para nadie.

—Yo os llamo.

Chris buscó en su bolsillo y le dio una tarjetita. Tenía tarjetas de visita de verdad. Resopló desconcertada y guardó la tarjeta en su bolso rápidamente. Mejor que se fuera a casa.

Por las prisas ni se despidió de Marga. La mirada de Chris le quemaba en la espalda.

En la tarjeta de Chris había una dirección de correo electrónico y tres números de teléfono: móvil, fijo y de servicio. El número privado correspondía al barrio Schmargendorf; o lo habría hecho en el pasado; ahora se podía conservar el mismo número de teléfono al mudarse por todo Berlín. Madeline sucumbió a la tentación y lo buscó en la guía telefónica. En efecto, vivía a la vuelta de la esquina. Si no se subía en la siguiente parada de autobús para ir al instituto y andaba un poco más... Su centelleante mirada la persiguió hasta en sueños.

A la mañana siguiente, antes de coger el autobús al instituto, puso en marcha el ordenador y le envió un correo: "Me apunto. M".

Al volver a casa por la tarde, encontró como respuesta un ejército brillante de emoticonos sonrientes. *"Awesome."*

Qué decepcionante; se esperaba alguna palabra más. Al fin y al cabo, debería agradecérselo. Luego le llamó la atención que su respuesta había llegado pocos minutos después de haber mandado el correo, ¿acaso había tenido que salir de servicio?

Ahora, ¿no debería llamarle para preguntar si el siguiente entrenamiento sería el viernes o de nuevo el martes?

Mientras rondaba el teléfono, Konstanze la llamó a la cocina. Madeline cogió la tabla de picar, ya preparada, y el puerro. Konstanze echaba patatas en el robot de cocina para hacerlas rodajas para el *gratin dauphinois*.

—¿Visita? ¿Vienen abuelo y abuela a comer?

La cara de Konstanze adoptó directamente una expresión ladina. —¿Desde cuándo es esa la única visita que viene a casa?

—¿Quién más viene? —Seguro que Konstanze notó su alivio.

Se sentó frente a Madeline. —¿Qué te pasa con tu abuelo?

¿Es por lo del baile? —A veces Madeline tenía la impresión de que a su madre le convenía que ella la tomara con abuelo, como si no se atreviera...

—Cuando quieras contarme algo, niña, soy toda oídos.

—Sin más. —Madeline cortó la raíz del tallo. —Abuelo ya sabe que no tengo las ganas de aprender a bailar que él se imagina. Y ahora tampoco tengo tiempo para ello. —Empezó a quitar las puntas secas y las capas de fuera.

—Pero ayer sí que fuiste a bailar.

Maman podía ser realmente pelma; y lo era de una manera tan inocente... —De hecho, no del todo. Sólo... —Se encogió de hombros. —Le hice un favor a alguien que me había ayudado con los deberes. —Konstanze le mostró fríamente que no se creía ni una palabra. —Por eso los terminé tan pronto. —Se volvió a encoger de hombros. —Hasta para poder divertirme.

La mirada de Konstanze era cada vez más pensativa. Aun así, Madeline mantuvo su táctica de disimulo. —Es importante desconectar la mente de vez en cuando.

Konstanze lanzó una carcajada. —Aún hay algo más, ¿a que tengo razón? —Le dio unas cariñosas palmaditas en el brazo. —Anda con ojo, Madeline; aún eres muy joven.

Mejor no protestar, claramente le estaba ofreciendo un pacto de alianza. —Cuando tenga un problema, te lo contaré.

Sin embargo, Konstanze dio la impresión de querer preguntar algo más, pero luego se giró y se dedicó de nuevo al *gratin*. Si abuelo si quiera osaba cuestionar su decisión, no conseguiría nada con Konstanze de su lado.

6

Chris había mandado un correo a Madeline y la invitaba a ir media hora antes para ensayar. Con dedos temblorosos tecleó que iría.

Cuando llegó, él estaba sentado en el bar con un vaso de agua mineral. ¡Agua mineral! Estaba impresionada.

—Podemos empezar ya. —Pasó por delante de ella sin decir palabra hacia el salón y puso música. —Para crear ambiente. —Por primera vez, se rió. —Te hace coger el ritmo ligeramente.

Cuando él la tomó por el brazo, ella se estremeció. Sus pupilas se dilataron, sorprendido, y la soltó otra vez. Ella buscó su mano; no debía pensar que la intimidaba.

Él la miró fijamente, como si quisiera leerle la mente. Luego carraspeó y musitó algo en inglés antes de explicar la primera *call*.

Pero en lugar de en los movimientos, ella solo se fijó en su rostro.

—Vamos a intentarlo, ¿quieres? —Él la acercó hacia él y Madeline se vio sobrecogida por la misma sensación que la semana anterior había bloqueado su mente.

Instintivamente, se apretó aún más hacia él y entrecerró los ojos mientras se dejaba guiar. Hubo un momento en que su aliento le acarició la mejilla. Si giraba la cabeza ahora, se rozarían. ¿Debería? Tragó saliva nerviosa, ¿qué pensaría de ella?

—¿Madeline? —Su voz también la acarició. —¿Me has

estado escuchando?

Abrió los ojos. —Lo siento. Me concentro.

Su mirada estaba alerta, un poco recelosa. —¿Todo en orden?

Nada estaba en orden. —Sí, claro. He dedicado demasiado tiempo a preparar los exámenes finales. Debería dormir suficiente.

El recelo no desapareció de su mirada, pero rió. —Cuando pueda, haremos los entrenamientos los martes, para que puedas ir antes a la cama. Tu *Abitur* no debe fracasar por nuestra culpa.

—No lo hará. —Respiró hondo, era terreno conocido. — Pero sí que necesito un *Abitur* perfecto para conseguir plaza en la universidad.

—¿Qué quieres hacer?

—Medicina.

—¡Oh! —Pareció sorprendido. —Entonces tenemos un interés en común. Pero mi sueño se frustró porque no tuve una beca. Por desgracia, que *dad* estuviera en la *Air Force* no me ayudó lo suficiente.

—¿Y por eso estás ahora con los bomberos?

Asintió y carraspeó de nuevo. —Venga, ahora no nos hemos concentrado ninguno de los dos. Aún no hemos terminado.

Y no llegaron a terminar, ya que enseguida apareció Hinnerk. No podían rechazar su oferta de practicar más con Madeline.

De repente, Madeline se sintió torpe y rígida. La mirada de Chris parecía expresar desaprobación. Ella se quedó quieta. —¿Qué hago mal?

—¿Qué? —Hinnerk la miró estupefacto. —Nada. ¿A qué viene eso?

Chris no dijo nada, repasó la última *call* y Hinnerk empezó de cero.

Chris esa tarde sorprendió a los bailarines del *square dance* con *calls* que claramente no eran habituales en sus sucesiones y que crearon confusión más de una vez. Por el resto, fue travieso, Madeline no volvió a ver el recelo.

Por sus travesuras, Madeline se volvió insolente. Bailó mal a propósito; esperaba que tomara las riendas y le enseñara en persona cómo había que hacerlo bien. Pero el martes anterior había sido probablemente una excepción para facilitarle la entrada. En lugar de eso, le dejó cambiar de pareja primero, y luego tuvo que parar a su *square* para que ella pudiera ver a los demás.

Luego prefirió hacerlo todo bien. No quería perjudicar a su *square*. Se encontró una vez con la atenta mirada de Chris, ¿había descubierto sus intenciones? Decidió disfrutar de la tarde y darle tiempo al resto.

Después del entrenamiento, Chris salió apenas se hubo despedido.

Al llegar a casa le envió un correo, a ver si volvería a practicar antes con ella otra vez. "Después" le contestó Chris. Antes estaría de servicio.

7

El *square dance* era realmente muy fácil, una vez sabido qué se escondía tras *calls* tan curiosas como *pass the ocean* o *ladies in, men sashay*. Hinnerk asentía una y otra vez en modo de aprobación. Madeline disfrutaba del ambiente del grupo, de la música; y del seductor timbre de la voz de Chris al cantar. Cada vez que ponía la mirada en él sentía como si captara toda su atención.

¿Y si le decía a abuelo que, tras el chasco con Robert, simplemente había aprovechado la siguiente oportunidad que se le había presentado? Seguro que eso lo alegraba. Bailar era bailar... No, no lo era. Por eso se quedaría en el *square dance*. Al pensar en Chris se le hacía un nudo en la garganta.

Madeline estaba tan inmersa en sus pensamientos que empezó a cometer fallos. El ceño de Chris fruncido críticamente le ordenó concentrarse más. No debía pensar que lo volvía a hacer a propósito.

Luego, el entrenamiento terminó y el grupo se reunió como de costumbre en el bar. Chris se quedó de pie discutiendo con los demás, ¿acaso había decidido que no necesitaba refuerzo?

Madeline sorbía vacilante su *prosecco*, monopolizada por Hinnerk. Se le notaba claramente que le habría gustado preguntarle qué le ocurría. Para su alivio, no lo hizo.

Luego, Carola y Tanja quisieron marcharse, y Norbert preguntó a Madeline si quería que la llevara.

Chris se percató de la mirada desconcertada de Madeline y se acercó a ellos. Obviamente le había prestado atención todo el rato, aunque parecía totalmente inmerso en la conversación. —Es tarde, ¿seguro que aún tienes tiempo para quedarte?

—Sí, claro. —Como si no hubiera esperado todo el tiempo por él.

La mirada de Hinnerk se puso más alerta. —¿Práctica? Yo también puedo quedarme.

La cara de Chris se mantuvo sin expresión al responder: —No tienes por qué. —¿Por qué no lo echaba expresamente?

Pero Hinnerk no pareció sospechar nada y cuando Chris volvió con Madeline al salón, se quedó sólo un poco junto a la puerta y se despidió, antes de que empezaran a bailar.

Madeline estaba tensa por la emoción, y cuando Chris tomó su mano tuvo la sensación de verse inundada por un traicionero rojo. Para disimular lo que ocurría, se crispó aún más. Pero no sirvió para nada.

Chris la agarró por los hombros y estudió su rostro. —Relájate, Madeline. —Se rió un poco, su mirada le puso la carne de gallina en la espalda.

Se apoyó en él y él tomó aire intensamente. Chris olía a menta y a *aftershave* acre, aunque debían haber pasado horas desde que se afeitara. La sombra oscura en sus mejillas le confería una expresión atrevida.

No se le ocurrió ninguna respuesta que fuera inteligente o graciosa de alguna manera. Pero empezó a relajarse. Mientras tanto, tenía la sensación constante de que él debía esforzarse para mantenerse tranquilo. Ya no sentía nada de la liviandad de los últimos días. Finalmente, dejó de pensar en ello, y simplemente bailó.

—Te llevo a casa en coche —dijo, mientras en el bar tintineaban los vasos que recogía Marga. Claramente era la señal para darlo por terminado. ¿Esperaba Marga por las tardes hasta que el último se hubiera ido? Seguro que Chris tenía una llave del piso.

Luego salieron los tres juntos, pero Marga declinó la invitación de Chris para llevarla a casa también. —Necesito moverme y aire fresco antes de poder dormirme.

Estaba nevando de nuevo y la nieve se destacaba claramente en el patio sin iluminar. —Seguro que el portero está otra vez en el bar —se quejó Marga mientras los seguía pisando sus huellas con los brazos ligeramente estirados.

Chris cogió a Madeline de la mano para llevarla más segura por el suelo resbaladizo.

En la calle, Marga se paró. —Llegaremos a casa antes si no vamos contigo, Chris. Hasta que desatasques el coche, y por las calles heladas... —Miró a Madeline inquisitiva, pero como ella no reaccionó, Marga se despidió y bajó a zancadas a la estación de metro.

El coche de Chris estaba apenas a dos pasos, pero en cuanto Madeline subió, ya tenía los pies y las manos congelados. Seguramente estarían a quince grados bajo cero. Se encajó las manos bajo las axilas, mientras Chris andaba alrededor limpiando los cristales. Antes de ponerse en marcha, cogió del asiento trasero una manta térmica y envolvió a Madeline en ella.

—¡Tú exageras!

Él sonrió. —Lo bien aprendido nunca se olvida.

Ella examinó la manta más de cerca. —¿Es algo de los bomberos?

—Es una como la que también utilizamos con los bomberos. —Chris apretó el botón de encendido y tras un momento de razonamiento, el motor de gasolina arrancó.

Sólo había unos pocos servicios quitanieves fuera y Chris prefería las calles principales a las periféricas. Una vez la batería se hubo calentado, rodaron silenciosamente por la nevada ciudad. Estaba muy resbaladizo, y el Toyota frenaba continuamente por sí mismo porque las ruedas empezaban a derrapar.

Marga tenía razón, seguro que ella había llegado antes a casa en metro. Pero Madeline tenía que hacer más trasbordos por el camino y se le habrían helado los pies en la parada de autobús.

Chris estaba callado. De vez en cuando le lanzaba una mirada por el rabillo del ojo que ella no sabía cómo interpretar. Ella daba indicaciones y era lo único que decía.

La tensión entre ellos creció.

—Gracias —murmuró ella cuando pararon frente a la puerta.

—Ha sido un placer.

Instintivamente, ella se acercó a él, justo cuando él se volvía hacia ella.

Él le dio un fugaz beso en la mejilla.

Madeline contuvo la respiración, luego giró la cabeza y sus labios se encontraron. Su boca era cálida y suave, y se abrió al rozarse con la de ella. Ella intensificó el beso y él contestó con la lengua. Pero luego se retiró.

—Madeline. —Se aclaró la garganta. —No podemos hacer esto.

Ella bufó indignada. —¡Tengo casi dieciocho años!

—¡Casi! —Él cerró por un momento los ojos, luego estiró la mano y la atrajo hacia sí.

Para estar aún más cerca, Madeline lo abrazó por el cuello. —Bésame, Chris. —Rozó su mejilla con su cara. —Bésame. —Lentamente acarició sus labios con dos dedos.

Él emitió un sonido que pareció un profundo gruñido de un perro. —Me vuelves loco, Madeline. —La puso en su regazo. Y luego la besó; intenso, exigente, hasta que ya no pudo tomar aire. Algo se encendió en su interior.

Con los ojos cerrados se recostó en su brazo y percibió las intensas oleadas que recorrían su cuerpo. Qué sensación más vertiginosa. Que un simple beso pudiera tener ese efecto... pero no había sido un simple beso. Chris estaba loco por ella, no había duda.

—Chris...

Él puso una mano sobre su boca mientras le acariciaba la mejilla con el pulgar. —Ya es hora de que vuelvas a casa.

—Está todo oscuro, nadie nos ve. Y mis padres están en el teatro Friedrichstadtpalast. —Volvió rápidamente a su asiento. —¿Quieres ver mi colección de mariposas?

—¿Qué? —La miró como si hubiera perdido el juicio.

—Era sólo un *running gag*. Nunca disecaría unas pobres mariposas.

Las pequeñas arrugas de sus ojos causadas por la risa se hicieron más profundas y podían verse aun en la oscuridad de la calle. —Que duermas bien, Madeline.

—Soñaré contigo, Chris.

Su mirada era pura y verdadera ternura. Ella se bajó del coche animada y caminó a zancadas sobre la entrada al garaje hacia la puerta de entrada.

Cuando se dio la vuelta, él ya se había ido silenciosamente. Madeline rió. En apenas dos meses cumpliría dieciocho años.

Se sirvió un vaso de leche y encendió el ordenador. "Buenas noches", le había escrito Chris desde el móvil. Seguro que estaba enamorado de ella.

8

—¡*Hello*, Marga! Alguien de la junta directiva todavía dirá otra vez que los jóvenes no se interesan por nuestro antiguo baile. —Chris puso la bolsa con el uniforme sobre su escritorio. — Puedes inscribir a una nueva bailarina para el *square dance*. —Irradiaba felicidad.

Marga cambió de programa y accedió a los datos de los miembros. —¿A quién te refieres como nueva bailarina? ¿Madeline? Eso seguro que no le va a gustar nada a George.

—¿Por qué? ¿Porque el círculo de baile la pierde? – ¡No por nuestra culpa!

—George considera a su nieta ya como la nueva estrella en el cielo de los torneos...

Chris la miró con la boca abierta. ¿Qué acababa de decir?

—¿Qué pasa?

Respiró hondo. —¿Cómo que nieta?

—¿Quién te creías que es Madeline Lagrange?

—Hasta ahora no sabía su apellido. —Se restregó la cara con gesto cansado. —Eso en verdad... —No sólo Madeline tenía sólo diecisiete años, sino que también era la nieta del presidente.

Realmente no podía ser más complicado.

—¿Y qué más da? —Marga copió los datos de Madeline en la tabla del grupo de *square dance*. —Te mando su teléfono y su dirección de correo al móvil.

—El correo ya lo tengo. —Sacó el móvil de su bolsa y

ojeó el calendario; así le diría a Marga los próximos días de entrenamiento. —Les he podido dejar claro a mis compañeros que tengo que planear con más antelación. A menos que haya una urgencia, el plan de turnos vale para las próximas cuatro semanas.

—¿Con qué los has chantajeado?

Él se encogió de hombros. —No tengo familia, puedo hacer los turnos más inoportunos sin que perjudiquen a nadie.

—¡Qué altruista! —Marga pestañeó.

¿Qué le pasaba? Él frunció el ceño; Marga no solía ser burlona. ¿Era por la hora extra con Madeline? —Todo tiene un precio. —Sacó sus CD del armario de la oficina y fue al gran salón para escoger las piezas que quería usar esa tarde.

Ahora ya había dejado registrar a Madeline como miembro del grupo. Pero, ¿vendría realmente tras el beso? No había reaccionado a su mensaje de buenas noches.

—¿Agua, Chris? —Marga llegó con una caja de bebidas de la oficina y empezó a ordenarlas en el frigorífico del bar.

En ese momento habría preferido tomarse una cerveza. O incluso mejor, un *whisky*. Pero no era compatible con su trabajo como entrenador, y además luego tendría tufo a alcohol.

Abrió su agua mineral y revisó el primer CD. *"Pickin' up strangers"*; la primera pieza, con la que había tomado a Madeline por el brazo. El simple recuerdo bastaba para despertarle el deseo. Nunca debería haber bailado con ella. Con todo, él era el más sensato, el adulto; le doblaba la edad.

Demasiados años.

El golpe de la puerta del salón lo sacó asustado de sus pensamientos.

Madeline se lanzó a sus brazos y lo besó apasionadamente. No podía hacer nada más que corresponder a su beso. Se hundió en su calor, en el delicado olor de su pelo. Su calor se extendió en él y pasaron sólo segundos hasta que reaccionara violentamente.

Giró la cabeza hacia un lado. —Madeline... —Al parecer en su presencia solo se le ocurría pronunciar su singular nombre una y otra vez.

—Además he cerrado la puerta. —Lo besó en la mejilla, rozó su barbilla con la boca y luego volvió a posar sus labios sobre los de él.

Él dio un fuerte suspiro. —¡Déjalo!

Madeline retrocedió; sus ojos brillaban húmedos. —¿No te gusto? —Sonaba tan lastimera, que la volvió a apretar contra él.

—Querida, maravillosa Madeline. —Le alisó un rizo de la frente antes de volver a soltarla y dar medio paso atrás. — Eres menor de edad y, además, ¡soy tu entrenador!

Obstinación y cólera se dibujaron en su rostro. —Me da igual. No me dejo mangonear. —Habría pataleado con el pie al instante.

Chris le tendió la mano. —¡Ven aquí!

Sus ojos lanzaban rayos, ahora su ira se dirigió hacia él. — Y tampoco me dejo mangonear por ti. —Soltó una carcajada. —Oh, obviamente sí me dejo. —De nuevo una tormenta en su rostro. —¡Pero no así!

Su voluble temperamento era embriagador. —¿Qué más da si nos esperamos hasta que seas mayor de edad? —Esperaba casi tenso a los sentimientos que mostraría en su rostro a continuación.

Se puso de morros. Se sentó junto a él en el canto de la mesa. —No vivimos en la Edad Media, no le interesa a nadie.

—Lo contario sería verdad. En la Edad Media no importaba la edad de las chicas.

Madeline empezó a toquetearse el lóbulo, pero antes de que lograra abrir la boca se abrió la puerta del salón.

Sobresaltada, se volvió bruscamente; así que no vio el suspiro de alivio de él.

Norbert y Carola estaban junto a la puerta; Norbert con el ceño fruncido, como si sospechara algo. —Si entrenáis de más tan a menudo, Madeline nos hará pronto la competencia a todos.

—¿Acaso las *ladys* no quieren una oportunidad para disculparse sin mala conciencia? —No sonó demasiado convincente, pero ¿qué más podía decir?

—No hemos ensayado. —¡Madeline en su descuido!

Las arrugas del ceño de Norbert se hicieron más profundas. Necesitaba una ocasión para hablar con él. Pero para eso tendría que dejar que Madeline fuera sola a casa.

Durante el entrenamiento Madeline lo buscó tan evidentemente que Hinnerk también frunció pronto el ceño. Y luego Tanja.

Chris no podía hacer nada. Si decía algo, la situación se volvería realmente sospechosa. ¿No lo conocían suficientemente bien como para confiar en él? No tuvo ocasión de hablar con ellos. Evidentemente, tras el entrenamiento Madeline esperó hasta que él mismo se fue a casa.

Tanto Hinnerk como Norbert le habían ofrecido a Madeline llevarla a casa. Y los dos reaccionaron más que irritados cuando ella las declinó y no se dispuso a marcharse a casa a continuación. Era tan obvio que esperaba algo; que esperaba a alguien.

Volvieron a salir con Marga, que cerró el local con llave tras ellos. En la calle, Marga se colgó del brazo de Chris. — Hoy acepto con gusto tu invitación. Quiero ir donde mi hermana.

Él forzó una sonrisa. —Y el coche no está cubierto de nieve. —El camino lógico era dejar primero a Madeline. Marga lo sabía, conocía su dirección.

Pero Madeline no lo sabía y se bamboleó de buen humor en el asiento del copiloto. Abatió su parasol y miró tranquilamente a Marga por el espejo mientras Marga y Chris charlaban.

Cuando casi llegaron al barrio de Schmargendorf, la irritación se extendió en el rostro de Madeline. —Marga, creía que vivías en Wilmersdorf.

—Pero no es mi destino todavía. —Marga le sonrió inocentemente por el espejo. Así que Marga también sospechaba algo; él lo presentía. Madeline no se había esforzado nada, y él siempre había sido un actor malísimo.

Paró frente a la casa de Madeline y su rostro se oscureció por completo. Su mirada lo apuñaló. ¿Por qué descargaba su ira sobre él y no sobre Marga, que se había colado en el coche sin preguntar?

Mientras Madeline bajaba del coche sin despedirse, con la barbilla estirada de forma rebelde le sobrevino un gran pesar. Cuánto deseaba sumergirse en sus besos...

La siguió con la mirada hasta que desapareció en su casa. No se había girado ni una vez desde la puerta. Estaba ofendida, él no había querido eso. Seguro que Marga tampoco lo quería. Siguió conduciendo con un suspiro.

Marga se inclinó entre los asientos delanteros. —No estáis haciendo ninguna tontería, ¿verdad?

Prefirió no decir nada al respecto.

—La chica está colada por ti, eso lo ve hasta un ciego. ¿Pero a ti que te pasa, Chris?

—Me lo tomo en serio. —Volvió a suspirar. —Me pone enfermo que sea demasiado joven para valorar debidamente sus sentimientos. —Al girar en la siguiente esquina le lanzó a Marga una mirada. —Me gustaría que ella también se lo tomara en serio.

—Nunca te he visto así, Chris. —Sin embargo, ahora había un tono de reproche en la voz de Marga. —Y ella es demasiado joven para ti.

—Pero quién lo sabe. —Apretó los labios.

—¡Chris! —Eso era verdadera indignación. —Eres lo suficientemente mayor como para saber que es una niñería. Os conocéis... ¿de cuánto? ¿Diez días?

—Dos semanas. —Su corazón ardía. —Pero ocurre, amor a primera vista.

—¡Qué absurdo! —Marga golpeó con el puño en el respaldo. —Te sientes halagado porque una jovencita te sigue con ojitos de cordero. ¿Estás en la crisis de los cuarenta? Apártate de su camino, no puede traer nada bueno.

Ahora se puso más alerta. —¿Qué quieres decir?

—Cuando se entere George... Estás poniendo en peligro a todo el grupo.

Él soltó una carcajada. —¿Quieres decir que me echará? El grupo de *square dance* ya es un estorbo para él.

—Pues con más razón para no darle ningún motivo. —Parecía realmente preocupada. —Y entonces no volverías a ver a la chica.

—Madeline pronto cumplirá dieciocho. —Ahora él utilizaba el mismo argumento que ella. Pero Marga tenía razón, naturalmente; si George se lo proponía, se impondría a la junta directiva... Incluso aunque el grupo dejara la asociación con él, todo eso no sería bueno.

Pero se plantearía el mismo problema, cuando Madeline tuviera dieciocho años. Si el presidente no toleraba la relación entre ellos, tenía suficientes medios para vejarle. Hasta ahora ni siquiera había considerado que Madeline prefiriera el *square dance* al círculo de baile.

—No digo nada. Sólo digo que deberías usar la cabeza para pensar y no...

—¡No nos hemos acostado! ¿Por quién me tomas?

El rostro de Marga le contestó claramente. Pero le creía, no le contaría nada a la junta directiva.

9

Cuando Madeline entró en la cocina con los hombros caídos, Konstanze preparó una menta sin decir palabra, revolvió el azúcar y le puso la taza delante de las narices.

—¡Como si estuviera enferma!

—Enferma o no. Me da la impresión de que te irían bien unos pocos mimos.

Madeline sopló con cuidado en la taza. —Y por supuesto quieres saber qué pasa.

—A alguien se lo deberías contar.

Madeline apoyó los codos en la mesa y cogió la taza con las dos manos. —¿Para qué? Desde luego, no va a cambiar nada.

—Pues sí que hay alguien que te ha pisoteado, pero bien. —Konstanze rió. —Seguramente, no literalmente.

Madeline apuró con cuidado la mitad de la taza antes de coger las tenacillas del azúcar y dejar caer otro terrón.

—¿Quién es?

Madeline aún no estaba lista para abrirse a nadie. Pestañeó inocentemente.

—Niña, nunca te había visto así. Se parece mucho al primer mal de amores.

—¡Mal de amores! —Madeline bufó indignada. —Eso es cosa de adolescentes.

—¿Y tú ya no lo eres?

—Dentro de seis semanas ya nadie nos podrá disuadir. ¡Que alguien se atreva!

—"¡Nos!" —Konstanze apoyó la mano sobre el hombro de Madeline y la giró. —Así que, ¿quién es?

—¡Chris! —Las lágrimas se asomaron en los ojos de Madeline. —El *caller*.

—¿El qué?

—¡Pero *maman!* El que dirige el grupo de *square dance*.

Konstanze la apretó. —¿Se lo toma en serio?

—¡Yo qué sé! —Madeline resolló. —He visto cómo reacciona ante mí. ¡Pero no sé cómo tomármelo!

—¿Te ha dicho que te quiere?

—No, pero... pero eso se nota sin más también. —Un sollozo le ahogó la garganta. No se había dignado a dirigirle la palabra al bajar del coche. ¿Y por qué había sido tan abominable con él?

—Y entonces, ¿por qué lloras?

Madeline apoyó la taza y escondió su cara entre las manos. —Es todo tan complicado.

—¿Desde hace cuánto lo conoces? De verdad, quiero decir. Tan sólo hace un par de semanas que estás en el grupo.

—Eso no importa realmente. —Los ojos de Madeline empezaron a brillar. —Cuando lo vi por primera vez... Nos vimos de un lado a otro del salón, y pensé que se me paraba el corazón. De repente parecía que el aire quemaba y... y... —No tenía palabras para lo que había sentido en ese instante.

—Amor a primera vista, ¿es eso? —Konstanze rió complacida. —Aún sentirás a menudo que la mirada de un hombre hace vibrar todos tus sentidos. Eso no es amor, es atracción sexual. Química. No puedes construir una vida basándote en eso.

—¿Qué relación dura una vida entera? Como si hubiera que contar con ello.

—¿De veras? —Konstanze agitó el índice medio amenazante. —¿No has aprendido nada de nosotros? ¿Y de los padres de Bruno?

—Bruno y tú sois la excepción que confirma la regla. Seguro que el abuelo hace mucho tiempo que no ama a Friederike tanto como antes. Desde que no puede bailar... —Como si aquel horrible accidente hubiera sido su culpa.

Konstanze la tomó en brazos y le secó las lágrimas de su rostro con el dorso de la mano. —¿Tienes algo en contra de que vaya contigo al próximo entrenamiento?

—¿Qué? —Madeline la miró sin comprender. —¿Y eso por qué?

—Hum... —Konstanze rió con picardía. —Dado que ahora has decidido hacer del baile algo serio, me interesa saber qué clase de gente es.

—¿Me espías? —Madeline apretó los puños y trató de reprimir su enfado creciente.

—Si quisiera espiarte no te diría nada.

Entrecerró los ojos desconfiada. —Quieres saber quién es Chris.

—¿Te sorprende? Como de él nunca has hablado de ningún joven por el que te hayas encaprichado.

—¡Chris no es ningún joven!

Konstanze rió con ganas. —Por eso mismo.

10

El siguiente martes Chris tampoco tuvo tiempo entre su turno y el entrenamiento para ducharse en la guardia; el cabello mojado sería de lo más perjudicial a esas temperaturas glaciales. Poco antes del comienzo del entrenamiento entró en las salas de la asociación envuelto en su uniforme y en olor a humo.

George estaba sentado en su escritorio en la oficina, y ordenaba correo. En un martes. Se giró hacía él y lo examinó de arriba abajo con semblante de desaprobación.

—Buenas tardes, George. —Chris intentó ignorar el presentimiento de desastre que se avecinaba. ¿Debería preguntarle por qué había ido?

Marga puso una alegre sonrisa. —¿Has vuelto a salvar a alguien, Chris?

Por un momento, la desaprobación despareció del semblante de George. —Por lo que veo, no es fácil compaginar tu profesión con tu trabajo aquí.

—Ahí va. Enseguida ya nadie podrá ver lo que hago con el resto de mi vida. —Chris sonrió y alzó una manga hasta su nariz. —Y tampoco lo olerá más. —Agarró su bolsa de ropa del armario, cogió la llave de la ducha de la pared, y salió de la oficina silbando.

La mirada de George lo taladró por la espalda. ¿Qué planeaba el hombre?

Cuando salió de la ducha, los primeros bailarines estaban de pie junto al bar, y George, en la oficina, había llevado la silla tan hacia un lado, que los tenía a todos en su campo de visión. Como una araña que acechaba en su red. Incluso cuando Madeline llegó, se quedó ahí sentado.

Madeline saludó a todos con besos. Al llegar a Chris, apoyó la mano sobre su hombro. Ella olía a canela y a algo dulce, quizás chocolate. Su contacto lo electrizó, la apartó rápidamente de él.

—Tu abuelo está aquí.

—¿Mi qué? —Lo miró sorprendida. —¿Abuelo?

—¿Creías que no me enteraría?

—Es fácil. Apellido típicamente hugonote. —Madeline estiró la barbilla. —Eso lo sabe todo el mundo aquí.

Le dio la espalda. —¡Chicos, empezamos!

A Chris le costó concentrarse. La imagen de la mirada desaprobadora de George no se le iba de la cabeza. Tras un rato, George fue y se apoyó en la puerta del salón. Curiosamente, eso lo ayudó. Era como un desafío; ante eso sabía responder.

Desde los *squares* volaron miradas entre él y George. Se habían percatado de que había un conflicto en el aire. La atmósfera se cargó. A pesar de la creciente tensión, nadie cometió ningún fallo esa tarde; el grupo también había aceptado el desafío.

Aliviado, Chris apagó el aparato de música.

George aún estaba de pie en la puerta, se acomodó aún más. —Sois realmente buenos. —Su mirada se quedó fija en Madeline. —Es una lástima que malgastéis vuestro talento con esta danza en corro.

Madeline entró al juego de la provocación antes de que nadie más pudiera reaccionar. —Abuelo, lo más importante es que nos divertimos. —Se ganó un par de miradas irritadas, así que otros tampoco sabían que era su nieta.

Norbert resolló en alto antes de abrir la boca. —George,

apreciamos mucho que, sin embargo, podamos bailar en esta fantástica asociación.

—Te llevo a casa, Madeline. —George dio por fin un paso al lado para que los bailarines de s*quare dance* pudieran salir del salón. Cogió de la mano a Madeline.

La mirada de Madeline voló hasta Chris. Antes de que George se girara, él negó con la cabeza. Seguramente no habría sido una buena idea quedarse ahora a ensayar. El viejo no lo aprobaría en absoluto. Y era conocido por su encarnizamiento.

A lo mejor no era buena idea quedarse a solas con Madeline en ningún caso. A lo mejor no estaba a la altura de este reto. La chica le había calado hondo como ninguna otra antes.

Marga sacó exageradamente activa las bebidas habituales a la barra.

—El George trama algo. —Norbert apuró su cerveza de un trago y tiró la lata con fuerza al cubo de la basura tras la barra. —No sabía que era su nieta.

Hinnerk miró pensativo su vaso. —Quizás fue un error que la atrajera hacia nosotros desde el círculo de baile. —Su mirada taladró a Chris. —¿Puedo imaginar las consecuencias que tendrá?

A Chris le asaltó la vaga sensación de que no se estaba refiriendo a George. Pero bueno, las cosas eran como eran.

Cuando todos los bailarines de s*quare dance* se marcharon, él se dirigió a la oficina para recoger su equipo. Entonces la voz de George resonó desde el bar. Había vuelto.

Chris respiró hondo, lo mejor sería acabar con ello enseguida.

—¿Qué pasa contigo y mi nieta, Chris? —George buscaba la confrontación, y lo hacía de una manera muy hipócrita, como si él primero tuviera que explicar algo. ¡Perro traidor! Pero él también podía jugar.

—No te gusta que Madeline prefiera el *square dance* al círculo de baile. Lo sé. ¿Debería disuadirla?

—O Madeline se mantiene alejada del s*quare dance* o nos buscamos otro *caller.*

—¿Piensa que así le haces un favor a Madeline? — Para mantenerse imparcial, Chris puso distancia entre ellos.

George se puso lívido de ira, apretó los puños. —¡Te ha abrazado!

Asintió lentamente. —Nos gustamos.

—¡No te atreverás! Te lo advierto, tú… tú… *playboy.*

—¿Por qué, señor Lagrange? Conozco mis responsabilidades.

—Madeline es una niña. No sabe lo que es bueno para ella.

—Si usted lo sabe, seguro que logra convencerla. —Chris se puso la chaqueta. No se dejaría meter en una pelea en la que solo podía llevarse lo peor.

Pero estaría alerta. Lagrange era capaz de todo.

Por lo pronto, mejor que Madeline se mantuviera lejos del *square dance.* Pero él no podía hablar con ella sobre eso sin revelar sus sentimientos más profundos por ella. Y entonces ella no estaría dispuesta a mantener la distancia. Esta chica no estaba lista para aceptar ningún compromiso.

Sólo con pensar en ella, un incontenible deseo ardía en él, de tenerla en sus brazos, de sentir cómo se abría a él, complaciéndole con toda voluntad.

11

"¿Antes o después?" Madeline le envió un correo antes del siguiente entrenamiento. Esperaba que después. Así tendría a Chris para ella. Entonces, sólo debería deshacerse aún de Marga antes de que él la llevara a casa. Madeline apagó el ordenador. Simplemente, no miraría más los correos antes de salir de casa. Entonces, podría hacer como si no supiera nada y entrenaría con ella después de la hora.

Pero Chris le desbarató los planes, al desaparecer inmediatamente tras el entrenamiento a su turno de trabajo. Y eso, a pesar de que esa tarde había tenido algo para corregir constantemente. La siguiente vez se comportó igual, y no había contestado sus correos ninguna de las dos veces.

Decidió enfrentarse a él. Si realmente tenía turnos nocturnos, durante el día estaría en casa. Tras las clases cogió el autobús a donde él vivía, en vez de volver a casa.

Él abrió la puerta de la entrada, sin preguntar antes quién era. Descalzo, el cabello despeinado, una sombra de barba en el mentón, y desnudo bajo un *kimono* que sólo le llegaba hasta la mitad del muslo: claramente acababa de salir de la cama. Al menos no le había mentido.

Él clavó la mirada en ella.

—¿Puedo pasar? — Estaba para comérselo. Las oscuras líneas de fino pelo en su pecho descubierto la tentaban a dibujarlas con sus dedos. Con ese pensamiento se le aceleró la respiración.

Él aún se estaba fijando en ella, pero en sus ojos algo empezó a brillar. Él sabía en qué pensaba ella. Y él pensaba lo mismo.

¡Ahora o nunca! Ella dio un paso más cerca, y como él retrocedió medio paso para mantener la distancia entre ellos, ella pudo entrar en la vivienda.

Justo enfrente, la puerta de su dormitorio estaba completamente abierta. Era grande, pero su cama era tan estrecha que seguramente dormiría casi siempre solo.

Madeline lo cogió del hombro. —¿Qué ha ocurrido? ¿Por qué ya no entrenas conmigo? ¿Por qué no contestas a mis correos?

Su sonrisa fue un verdadero fracaso. —No lo necesitas.

Ella entrecerró los ojos. —¿En qué sentido? —¡Ahá! El destello en sus ojos probaba que él sabía exactamente a qué se refería.

Se inclinó en él. Él mantenía la mano estirada, para no tocarla. —Y yo pensaba... —Alzó su rostro hacia él. —Chris, te quiero.

Se quedó quieto un momento. Al menos no se rió de ella.

Pero se apartó de ella. —Madeline, sé razonable.

—¡Ni pensarlo! —Dio un fuerte pisotón. —En serio, no pensaba que fueras tan cobarde.

Chris apretó los dientes. Sólo habría una posibilidad de probarle lo contrario. Si no lo quería, debería tragárselo. — Tu abuelo está a punto de destruir el grupo de *square dance.*

—¡Eso no lo decidirá él solo! —Entrecerró los ojos para contener las lágrimas. —Cuando se quiere algo de verdad... — De repente se dio la vuelta y se marchó. La casa entera retumbó cuando cerró la puerta de golpe.

12

Después de aquello, Madeline no fue al entrenamiento. Sin avisar. Tampoco se había puesto en contacto con Hinnerk. Chris había querido llegar a eso para proteger al grupo. Y a sí mismo. Pero ella faltaba, faltaba para él.

Las penetrantes miradas de los bailarines se posaron todo el rato en él, todos estaban concentrados sólo a medias. Tenía mala conciencia. Hacia el grupo. Incluso más hacia Madeline. Pero ella lo superaría. En lo que a él le concernía, no estaba, a decir verdad, tan seguro de ello.

Poco antes del final del entrenamiento la voz de George llegó hasta ellos en el salón.

Como si fuera una orden, todos dejaron de bailar.

Chris repitió su *call*. Aun así, los bailarines siguieron quietos. —¿Necesitáis una explicación?

—Sí —respondió Hinnerk—. ¿Qué pasa contigo y con Madeline?

—Creo que eso no te concierne.

—Por lo que parece, nos concierne a todos. —Micky apoyó los puños sobre las caderas y dio un paso al frente.

Chris se encogió de hombros sin querer. —Madeline no ha venido hoy. *So what?* Todos habéis faltado alguna vez.

—No sin avisar. —Tanja levantó la mano para detener las réplicas. —Todos hemos captado bien que a George no le gusta que Madeline prefiera bailar *square dance*. Pero tampoco ha venido al círculo de baile.

—¿Lo ves? No tiene nada que ver con nosotros. Se habrá olvidado de la hora por sus deberes. O del día.

Hinnerk sacó el móvil del bolsillo de los pantalones. —Vamos a preguntárselo.

Chris se encogió de hombros ostensiblemente indiferente. Madeline no le daría a Hinnerk una respuesta era demasiado orgullosa y cabezota como para eso.

De repente, George apareció en el marco de la puerta. —¿Madeline no está aquí hoy? —¿Era hipócrita o realmente no lo sabía?

—El *Abitur* se acerca —explicó Norbert—. Siempre ha dicho que eso estaba en primer lugar.

Carola rió irónicamente. —Qué bonito que te importe que baile al menos algo.

George gruñó. —No he venido por eso. Tengo que hablar con vosotros.

—Bien —dijo Lydia Aydemir—. Todos nos quedaremos más tiempo. —Se giró. —Ahora, ¿podemos seguir, Chris? —Como si no hubiera sido el propio grupo quien había interrumpido el baile.

Chris repasó su última *call* una vez más.

Bailaban sin miedo. George los observaba y todos sintieron sin excepción, que había algo que amenazaba a su grupo.

Luego, Chris apagó el equipo. Todos se quedaron de pie en sus posiciones y dirigieron su atención a George, como si fuera un juez. Lo que, más o menos, también era en ese momento.

—Ya lo dije el otro día: sois buenos. —Entornó las cejas y miró hacia Chris. —Deberíamos daros la posibilidad de aseguraros un entrenamiento regular.

—Ya entrenamos de manera regular —protestó Carola en alto.

—En fin... —George entonces entrecerró también los

ojos. —Pero hay vaivenes con las fechas. Por eso organizarse también es muy difícil para Marga y los grupos de campeonato. —Como si algo hubiera cambiado en sus dos citas semanales durante los dos últimos años.

—¿Qué planeas? ¿Encargarte de que Chris pueda disponer sus turnos de otra manera?

—Me he enterado. La asociación contratará un nuevo *caller* para vosotros.

Chris dejó caer la mandíbula. Se había figurado que George tramaba algo en esa dirección; pero que lo soltara tan abiertamente... El hombre era realmente todo lo contrario a un ángel de la paz.

Norbert sonrió ampliamente. —¡No tenía ni idea de que la asociación nos apreciara tanto! —Miró alrededor. Calculó, más o menos, cuánto espacio de maniobra tenía el grupo. Mucho, Chris estaba seguro de ello. —Pero no tenéis que molestaros. No podríamos tener un *caller* mejor que Chris.

—Es demasiado difícil. —De repente, George sonó defensivo. Chris se esforzó por disimular su diversión.

—Nos hemos organizado con los turnos —replicó Micky—. Una vez como grupo, una vez entrenamiento libre. Ningún problema. —Sonrió petulantemente. —Hinnerk, con sus misiones en el extranjero, es casi más problema que Chris.

—¿Un hombre nuevo? ¿Necesitáis más bailarines sustitutos? —¿Le había salido bien la jugada a Micky, de desviar a George del tema? —Entonces pronto tendréis dificultades con la existencia del grupo. —¿Ahora profetizaba el final del grupo?

Carola rió. —¿Qué tienes en mente, George? Primero nos das coba, ¿ahora pones todo en duda?

George se puso rojo. La muchacha, como siempre, no sabía qué era el tacto; pero aquí resultaba de utilidad. Chris empezó a disfrutar secretamente de ver maniobrar a George.

—No pongo nada en duda. —Una declaración en claro, podían comprometerlo ante ella. —La asociación quiere llevaros a un mayor éxito. —Ante ello también podían comprometerlo. En el rostro de Norbert brillaba el triunfo.

—Si quieres hacer algo por nosotros, ¡necesitamos a Madeline como bailarina fija cuanto antes! —Bettina Hinz se acarició el vientre. —Si pudiera venir a entrenar de manera regular, estaría en forma hasta entonces.

—Madeline tiene que centrarse en su *Abitur.* —George parecía volver a tenerlas todas consigo. —Ella sabrá cuánto tiempo libre se puede permitir.

Tanja abrió la boca; seguramente para volver a referirse a su propio periodo escolar en el liceo francés.

Chris levantó una mano de rechazo. Discutir con George era una pérdida de tiempo. Tenía intenciones completamente diferentes.

—Tiene razón —dijo en su lugar. Los bailarines de s*quare dance* lo miraron desconcertados. —Más bien deberíamos hablar de ello con Madeline. —Sonrió a George de la manera más amigable que fue capaz. —George no tiene nada que decirle.

George se puso aún más rojo. Contra esta franca bofetada no podía arremeter sin quedar en ridículo. Los otros sonrieron.

—Entonces ha quedado todo claro. —Tanja se colgó su bolsa al hombro. —Yo también tengo que empollar para mis exámenes de la semana que viene. —Torció el gesto. —Estática, todo matemáticas.

El grupo se disolvió, contra toda costumbre, sin una charla en el bar. Chris se preguntó qué sería lo próximo que maquinara el viejo.

13

Lo supo tres días más tarde: recibió una carta certificada con una citación. Durante su interrogatorio en comisaría, Chris oía a Madeline enfurecerse afuera, mientras ella aclaraba que entre ellos no había ocurrido nada. Era absurdo, claro.

Pero cuando fue al entrenamiento la siguiente vez, George lo atrapó en la entrada. Tenía una cara preocupada, como si tuviera algo de lo que compadecerle. —Lo siento, Chris. Pero no podemos seguir empleándote mientras la sospecha contra ti no se haya aclarado. En caso de que se divulgue... —Por eso se preocuparía George seguro. —Varias chicas son menores de edad. Nuestra responsabilidad hacia las familias...

Chris lo dejó de pie sin decir palabra. Pues ahora debería ver cómo se lo explicaba a los bailarines de *square dance*

Todavía no había llegado al pie de las escaleras cuando su móvil sonó. Era Norbert. —Chris, ¡por favor, espéranos! Vamos enseguida al bar.

Pronto debería explicar todo al grupo, para que entendieran lo que George tramaba realmente. Habría evitado con gusto comprometer tanto al abuelo de Madeline, pero al fin y al cabo no era su problema si George podía permanecer en la junta o no. El hombre era simplemente demasiado mayor para entender aún el mundo.

Los bailarines de *square dance* entraron en el bar con semblantes sombríos. Juntaron varias mesas y Norbert arrastró a Chris a la silla junto a él.

—Acabo de llamar al presidente de la asociación "Berlin Bears": Nos admiten en cualquier momento. —Sonrió ampliamente. —Solamente tenemos que llevar nuestro propio *caller* si queremos seguir bailando como grupo propio.

—¿Queréis dejar la asociación?

Tanja rozó con el dedo el borde de su vaso y lo dejó cantar. Lo miró fijamente mientras hablaba. —Oh, no; eso sería estúpido. Axel se pondría de un humor de perros. Y nuestros padres seguro que no comprenderían pagarme la cuota para dos asociaciones. —Levantó la vista. —Es más como que George se nos quiere quitar de encima.

—¡Eso es lo que ha querido desde siempre! —Hinnerk gruñó. —Ahora tiene una excusa.

—Pero Werner no querrá prescindir de nosotros. Al fin y al cabo, sabe cuánto reportan nuestras actuaciones a la asociación. —Andrea Falshagen nunca decía nada en el grupo en general. Su espontáneo brío fue impresionante.

—No trabajo con ningún otro *caller*, Chris. —Micky inclinó la cabeza enérgicamente. —Ninguno de nosotros.

Chris miró a Sonja Kramer y Karen Wächter. —George informará a vuestros padres sobre la denuncia. Luego el grupo ya no se mantendrá.

—¿Quieres decir que nuestros padres nos prohibirán entonces seguir bailando contigo? —Sonja soltó unas risitas. — ¡Qué mal conoces a nuestros padres! Confían en nosotras.

—Además, nadie se cree una chorrada así. —Micky resopló indignado.

Pero la mirada de Hinnerk se posó pensativa en él. —Hay algo oculto más allá. ¿Qué es, Chris?

—Madeline.

—¿Es capaz de echarla del grupo con tales medios? —Los ojos de Carola echaban chispas de ira. —¡Pero si ya no baila más con nosotros! ¿Qué más quiere?

Chris sacudió la cabeza. —Hay más. Yo... —¿Qué podía decir ahora? Fuera como fuera, lo entenderían mal. —No tiene que ver sólo con el baile.

Hinnerk se quedó con la boca abierta. La cerró de nuevo de manera claramente audible y apretó los labios. El estupor se mostró en los rostros de los demás; sólo Norbert asintió, como si estuviera al corriente.

—Me atengo a las normas. —Chris apuró tranquilamente su vaso. —Pero aun así... Es simplemente una situación difícil.

—Que a lo sumo es asunto de los padres de Madeline, no de George. ¿Es la chica...? —Norbert sonrió divertido. —Es muy desenvuelta, la pequeña. ¿Te va por detrás?

El rostro de Chris empezó a calentarse. —Intento mantenerla a distancia.

—¡Eso se nota! —Hinnerk le reprimió. —Últimamente has sido muy abominable con ella. Ya me había preguntado a qué se debía —refunfuñó—. Eso no son buenos modales.

—¿Sí? ¿Y qué debería hacer, en tu opinión? Si no la mantengo alejada de mí, entonces... —Chris contrajo los dedos alrededor del vaso.

—Debes decirle la pura verdad. Se está haciendo falsas esperanzas. —Hinnerk se indignó aún más.

Tanja rió divertida. —Estoy segura de que no lo hace. —Levantó las cejas al darse cuenta de la mirada irritada de Hinnerk. —Quiero decir que las esperanzas de Madeline no son tan falsas. —Miró de uno a otro y sonrió aún más ampliamente. —Mirad a Chris. ¡Así es cómo se ve un hombre enamorado! —Por un momento el triunfo del descubrimiento apareció en su rostro. Aunque luego la sonrisa desapareció. — Pero, ¿hasta dónde llega?

—¿Hasta dónde llega? —Chris exhaló. —Tengo el doble de años que ella.

—¡Ajá! ¡Si consideras eso, entonces te has enamorado de verdad! —dijo Norbert.

Chris dejó su vaso y se levantó abruptamente. —Tengo un turno temprano.

Tanja extendió su mano hacia él. —Chris, no hay garantías en el amor. Da igual lo buenas que parezcan las condiciones previas.

Pero en este caso, las condiciones previas eran malas. ¿O acaso no? Las aspiraciones profesionales de Madeline también los unían, mucho más que el baile. Había sueños que podían compartir... Trabajar en el extranjero, el compromiso con "Médicos Sin Fronteras"...

Mientras Chris raspaba su parabrisas con rígidos dedos, Hinnerk llegó del bar. Tras un par de pasos hacia el metro, se giró. Se inclinó sobre el capó y lo observó.

Para Chris, al final, aquello ya se pasó de castaño oscuro. —No estás aquí de pie porque quieras que se te hielen los pies.

—Estoy aquí de pie porque no me apetece que Bettina sea mi pareja de baile.

Chris dejó de raspar. —¿Perdón?

—Has oído bien. Quiero bailar con Madeline, no con Bettina. Ella también lo sabe; Bettina, quiero decir.

—¿Y por qué dices eso ahora?

—Hace semanas que intentas espantar a Madeline. Por eso no ha venido al entrenamiento, no por su *Abitur*.

—No habría nada que me gustara más que mantener a Madeline en el *square*... —profirió Chris.

—¿Pero?

Chris agitó el hielo del rascador. —Ningún pero. Sólo... — La atenta mirada de Hinnerk lo irritaba más y más. —No es bueno. —Volvió a ponerse a raspar.

Hinnerk parecía esperar a que él siguiera hablando. Pero Chris rascaba insistentemente su parabrisas.

—¿Vas en serio con ella?

Chris levantó la vista. —¿Qué quieres decir?

—Yo también estoy enamorado de Madeline. Es una chica tan... tan encantadora. —El rostro de Hinnerk se ensombreció. —Por eso no toleraré que la vejes.

Chris sacudió la cabeza. —No le hago la vida imposible a nadie. Mucho menos a Madeline.

—¡Lo que pasas por alto con un guiño a otras chicas, a ella se lo reprochas!

—Con sólo verla... —Los ojos le empezaron a arder. Apretó los dientes para procurar que no se le notara que no se debía al frío.

Hinnerk se inclinó sobre el capó hacia él e interrumpió su rascar. —¡Tú también!

Chris inclinó la cabeza.

Hinnerk dio un fuerte tirón de su brazo por un momento, luego lo soltó. —¡Santo dios! ¡Eres un hombre adulto, Chris! ¡Dile lo que ocurre! Habla con ella, pero no la espantes. No la hagas infeliz.

—¿Y qué debería decirle según tu opinión? —Abrió la puerta trasera del coche y tiró el rascador al suelo. —Sube, Hinnerk. Te llevo. Si no, te quedarás helado aquí mismo.

—Gracias, dirección errónea. —Hinnerk se alejó del coche y levantó la mano para despedirse. Chris lo siguió con la vista hasta que desapareció en el metro. Le pegaría bien a Madeline. Sólo el recuerdo de cómo Hinnerk bailaba con ella dolía, tanto que apenas se podía soportar. Si no se sintiera comprometido con el grupo, empaquetaría sus cosas y desaparecería. Olvidaría todo Berlín. Olvidaría a Madeline.

14

Madeline aún rabiaba cuando los abuelos fueron a cenar.

—Abuelo, ¿has pensado en que así te sales con tu tuya? ¿O que no me enteraría? Es indecente, lo que has hecho es verdaderamente indecente.

Bruno se quedó de una pieza. —¿Cómo hablas con abuelo?

Konstanze se quedó de pie detrás de Madeline. —Tiene razón. Es indignante, lo que George se ha permitido hacer es indignante.

—Pero, cielo santo, ¿qué ha pasado?

—Calumnias se llama eso, probablemente. ¡Acoso! —Madeline arrastró a Konstanze a un lado y salió. Puede que no fuera justo que la dejara explicar todo; pero le sacaría los ojos a abuelo si siquiera abría la boca.

Se quedó parada en el vestíbulo un momento, indecisa. Luego se puso botas y abrigo y salió de casa.

Nevaba otra vez, y el aire era claro y fresco. Empezó a trotar y corrió una vez alrededor del bloque. Cuando llegó de nuevo a la puerta de casa, el Passat de los abuelos aún estaba ahí, claro: habían venido a cenar, por supuesto. Y tenían una conversación por mantener.

A pesar de las gruesas botas, sus pies se habían enfriado, y su rostro ardía. Pero no había ninguna garantía de que Bruno le permitiera volver a su habitación. Se subió más la bufanda sobre su cara y volvió a correr.

Entonces se encontró de repente frente a la casa donde vivía Chris. Pero desde luego que no podía ir a donde vivía ¡si lo veía alguien! Helada, avanzó sobre la nieve pesadamente arriba y abajo.

Abuelo podría haber contratado a un detective, era capaz de eso. No se arredraba ante nada. En frente había muchas ventanas claramente iluminadas: ahí podía acechar alguien tras una cortina. Pero, ¿no debería verle? ¿O había alguien en las escaleras en casa de Chris? Decididamente, tenía demasiadas fantasías.

Siguió corriendo de aquí para allá, cada vez hasta el siguiente cruce.

Entretanto, el frío le subía por debajo de la falda. Seguro que hacía veinte grados bajo cero. Por lo menos. No había cogido nada de dinero, así que no podía calentarse en ninguna parte en un bar, y los taxis tampoco pasaban por aquí.

Miró hacia atrás una vez más. No había ni un hombre en la calle. Y si alguien la veía entrar, ¿cómo sabría que iba donde Chris? Si es que alguien siquiera la reconocía con su rostro encapuchado.

Llamó. No sonó ningún timbre, y el interfono permaneció mudo. ¿Y si realmente acaso no estaba en casa para nada?

Insistió en todos los timbres, tan pronto por la tarde seguro que abriría uno de los vecinos. Finalmente, el interfono crujió y se anunció una voz ronca de mujer.

—Tengo un mensaje importante para Señor Rinehart —mintió Madeline—. ¿Podría dejárselo en el buzón?

Primero vino un gruñido, luego zumbó el abridor de la puerta.

Aliviada, Madeline abrió la puerta de un empujón. Un calor agradable la recibió.

¿Y qué hacía aquí ahora? Claramente, Chris no estaba en casa. Se sentó en la escalera junto al radiador y se quitó los guantes para calentarse los dedos en la calefacción.

En primer lugar, descongelarse; luego sería lo suficientemente tarde para escaparse de los abuelos cuando volviera a casa.

El calor la puso somnolienta. Se apoyó contra la calefacción y dormitó. Aún tenía que hacer sus deberes cuando fuera a casa. En sus pensamientos, formuló las primeras frases para su ensayo sobre la política de la OEA. Ojalá no las volviera a olvidar.

Se despertó sobresaltada cuando se abrió la puerta de la casa. Chris la contempló durante un momento con cara de incrédula. —¡Madeline! —Con dos rápidos pasos se puso frente a ella y la levantó.

La humedad brillaba sobre sus pestañas, la nieve se derretía sobre sus hombros. El fuerte olor del humo se mezclaba con el olor de su *aftershave*, y tenía una gran contusión en el rostro.

Madeline estiró la mano hacia él. —¡Has tenido un accidente!

Él rió carrasposo. —Sólo un rasguño. Una viga que no pude evitar suficientemente rápido.

—Tu trabajo es peligroso. —Ella sonó verdaderamente aterrorizada; qué inosportuno.

***

Chris oyó el pánico en su voz. ¿Cuánto tiempo lo había esperado? Conocía los horarios de sus turnos, ¿había temido por él? Se le hizo un nudo en la garganta de la emoción.

Él cogió su mano de su cara y lanzó un beso a su interior. —¿Te preocupas por mí?

Ella no necesitaba responder; su mirada lo decía todo. Esta chica era simplemente increíble. Él cerró los ojos un momento, para recobrar el control de sus sentimientos.

Ella aprovechó la oportunidad, se estiró hacia él y lo besó. Exigente, apremió su lengua entre sus labios; él cedió y la dejó entrar.

Él la agarró por los hombros y la apretó hacia él. Pero sus gruesos abrigos impedían que sus cuerpos se tocaran y, de repente, él no lo pudo soportar más. Deslizó su mano por dentro de su capucha, encontró el borde del jersey y repasó su clavícula con las puntas de los dedos.

Madeline respondió con un susurro que provenía profundo desde su garganta.

Respirando con dificultad se soltó de su beso. —Te llevo a casa.

Madeline se sacudió. —Hace frío. Me he helado completamente.

Él asintió. —No me sorprende.

—¿No puedo calentarme antes en tu casa? —Sus ojos brillaban, tenía segundas intenciones. ¿Qué se imaginaba? ¿Qué lo podía seducir? Tenía toda la razón.

—¡No! —Él la cogió de la mano. —Tu sitio está en la cama con una bolsa de agua caliente. En casa. —Cuando ella hizo un mohín, él entrecerró los ojos y se refugió en una furiosa exhortación. —¿Cómo quieres meterte algo en la cabeza si estás demasiado enferma para estudiar?

Eso sí que ayudó, ya que ella asintió rindiéndose. —A lo mejor tienes razón.

Él la cogió por los hombros y le pasó la capucha de nuevo por el pelo. —Ven, en mi coche aún hace calor.

Madeline se escondió en su abrigo y colocó las manos bajo las axilas cuando se acercó a la puerta de la entrada junto a él. Bajó la cabeza y no dijo ni una palabra más hasta que él se detuvo frente a la casa de sus padres.

Miró hacia atrás, luego señaló a uno de los coches medio cubiertos de nieve. —Mis abuelos todavía están aquí. —Suspiró y agarró el picaporte de la puerta. Pero luego se giró otra vez y le dio un rápido beso en la mejilla. —Buenas noches, Chris. La próxima vez volveré a ir al entrenamiento.

Sólo que en ese momento no había ningún entrenamiento.

Antes de que llegara a la puerta de la casa, esta se abrió. La gran silueta de George se encontraba en el marco. Con un suspiro, Chris volvió a poner en marcha el motor.

15

Madeline pasó por delante de George sin decir palabra. Él la miró, mientras ella se quitaba las botas y el abrigo en el vestíbulo.

—¿Dónde estabas?

Echó el labio inferior hacia delante. —Paseando.

—¡Con este tiempo!

Madeline se encogió de hombros, colgó el abrigo empapado de una percha y lo metió en el baño.

De hecho, él la siguió, desde luego. —He visto por la ventana de la cocina que te has bajado del coche de Chris. ¿A eso le llamas pasear?

—No es asunto tuyo, ¡abuelo! —Cerró los puños para controlar su ira. —¡No tienes nada que decirme!

—Dado que se trata de un asunto de la asociación, soy responsable de ti. —Subió la voz. —No dejaré que un americano cualquiera arruine la fama de mi asociación.

¡Su asociación! ¿Cuándo se había vuelto tan egocéntrico? Madeline lo fulminó con la mirada. No le incumbía lo que Chris hiciera en su tiempo libre.

Cogió el secador del armario con espejo y se sentó en el borde de la bañera para secarse el pelo. Puesto a máxima potencia, el secador sonaba tan alto que él tendría que haber gritado para conseguir hacerse oír.

Él la miró por un momento, luego se giró y volvió a la cocina.

Madeline se tomó su tiempo. Cuando tuvo el pelo seco, se lo cepilló mucho tiempo y se lo peinó, finalmente, en una gruesa trenza. Luego se quitó la máscara corrida y se dio crema en las mejillas enrojecidas por el frío. Sus labios estaban agrietados; así no se le notaría que la habían besado. Cubrió su reflejo con un movimiento de cabeza. No la habían besado, ella había besado.

La roncería no sirvió para nada. Abuelo parecía decidido a esperar hasta que ella volviera a aparecer del baño. Quizás tampoco había sido tan inteligente en absoluto, dejarlo solo con los otros. Estiró los hombros y salió del baño. En el vestíbulo se cambió sus zapatillas de casa por unas pantuflas con tacones altos, para hacerse aún más alta.

Konstanze estaba de pie junto al fogón y vertía agua para hacer infusión de hierbas. —Ahora te sentará bien algo caliente. —En la mano derecha aún la hervidora de agua, le endosó a Madeline una taza. Todo eso fue un mensaje mudo, de que, como siempre, ella estaba de su parte.

Madeline cogió una cuchara y miel del armario. —Eres un sol, *maman*. —Se puso a su lado mientras sorbía lentamente el té caliente. Un frente común contra el abuelo. —¿Habéis dejado algo de la comida de sobra?

Konstanze señaló al frigorífico. —Pero te lo tienes que calentar tú misma.

—Pues claro.

George pasaba la mirada de Bruno a Konstanze y parecía ocupado con tantear la situación; pero no decía nada. ¿Había conseguido Konstanze poner a Bruno de su parte?

Después de que los abuelos se fueran, Konstanze llenó un plato con verduras y carne y lo puso en el microondas.

Bruno metió la mano en el cajón y sacó cubiertos. —¿Qué has hecho realmente?

Madeline estaba tentada de contarle algo, pero Konstanze

levantó las cejas como advertencia. —He estado corriendo. Y luego tenía demasiado frío para volver a andar todo el camino a casa. —Pero ahora vaciló un momento. —Sé dónde vive el *caller* del grupo de *square dance*. Así que simplemente he dejado que me trajera a casa en coche.

—¿Nada más? —Bruno todavía estaba receloso; sí que tenía razón.

Madeline suspiró. —Si hubiera dependido de mí...

La mirada de Konstanze le dijo, que mejor debería confesarse a Bruno.

—¡Lo quiero! —Le subieron lágrimas a los ojos. —Pero él... no lo sé. Me ha rechazado. Otra vez.

—¿Otra vez? —Bruno subió la voz. —¿Quiere eso decir, que te has lanzado a su cuello?

—Estaba segura... —Un sollozo la hizo tartamudear. — Chris dijo que él era mi entrenador y yo, demasiado joven. Pero...

—Actúa prudentemente, niña —dijo Konstanze—. ¿No has entendido que se las vas a hacer pasar moradas? Tu abuelo no conoce límites.

—¿Qué edad exactamente tiene este Chris? —Bruno totalmente práctico.

Madeline levantó los hombros. —No lo sé. También me da igual.

Los ojos de Bruno empequeñecieron. —Así que claramente mayor. ¿Y qué clase de tipo es?

—¡Papá! Me preguntas como si fuera un pretendiente.

—¿No lo es?... Si lo tomaras en serio...

—Trabaja con los bomberos, Bruno. Me lo ha contado tu padre. —Konstanze rió y de repente se puso divertida. —Posiblemente lo una a Madeline algo más que el baile. Es sanitario.

—Tiene formación de paramédico —añadió Madeline.

Bruno cogió su vaso de vino y vació la botella en él. ¿Distracción o tiempo para reflexionar? —En cualquier caso, parece que es un hombre consciente de sus responsabilidades. —Cogió la mano de Madeline y la apretó. —Sin embargo, no vas a correr tras de él. Ya te dirá si esté interesado en ti.

—Yo...

Bruno la interrumpió con un movimiento brusco. —No te pongas en ridículo. Aparte de esto... Más bien te despreciaría. —Su mirada se dirigió a Konstanze. —El amor va de otra cosa.

—Ya basta; come, niña. —Konstanze sacó el plato del microondas.

—Puedes acudir a nosotros para todo; lo sabes, ¿verdad?

Madeline asintió con la boca llena. Era suficiente para esa noche. Tal vez abuelo tampoco diría nada más; ahora, después de haber visto que estaba solo.

16

¡Dieciocho!

Abuelo solo tenía que atreverse a meter baza otra vez. Aunque ya no lo necesitaba. La asociación había ido a buscar a Chris y reanudado el *square dance*, pero por los reproches de Bruno, Madeline sin embargo no había ido al entrenamiento. Chris sabía cómo podía contactar con ella si le importaba.

En vez de eso, la tarde anterior a su cumpleaños se había encontrado con Hinnerk en el círculo de baile. Había sido agradable estar con él y repasar los pasos de baile había sido muy sensato. De hecho, ella ya había olvidado algunos. Lo que, naturalmente, iba totalmente contra el objetivo de la práctica.

Abuelo se había sentado en el bar, como cada viernes, y la había saludado verdaderamente exaltado. ¿Pensaba que ahora vendría otra vez regularmente? Probablemente. Sedienta de venganza, había renunciado a corregir su error.

Tanja llevó a remolque a Hinnerk a la pizzería en la que Madeline celebraba su cumpleaños. Cada uno de ellos sujetaba un paquete gigantesco en las manos. El tamaño era un engaño: Tal y como los traían, eran muy ligeros. Sonriendo, les cogió los regalos y los colocó en la repisa de la ventana con los otros.

Tanja se sentó con la gente del colegio francés, a los que, por lo menos, ya conocía de vista.

Hinnerk se quedó de pie junto a Madeline. —Tengo que irme enseguida al aeropuerto. —Se rió parsimonioso y le tiró de un mechón de pelo. —Pero naturalmente, no podía dejar de venir para felicitarte. —Su mirada se llenó de expectación. —Dieciocho. ¿Qué harás con tu nueva libertad?

—¿Qué quieres decir con eso?

Él la miró intensamente. —Si no lo sabes tú... —Luego, la expresión acechante desapareció de su mirada. —Para el baile de carnaval vuelto a estar. No voy a dejar escapar nuestra cita para nada.

¿Qué cita? Tardó un minuto, luego recordó vagamente de lo que hablaba. —No sé... —Se paró a la mitad. —En realidad, ya no tengo nada que ver con la asociación.

—¡Oh, venga! Es una buena práctica. Al fin y al cabo, has aprendido el bailoteo para algo así.

Desconfiada, frunció el ceño. —¿Por qué te importa tanto?

—Porque tú me importas. ¡Eso ya lo sabes! —Efectivamente. Pero ella no quería darle ninguna esperanza que luego tuviera que frustrar. No se merecía eso.

Le dio un empujoncito en la nariz. —¿Tan difícil es decidirse?

—Oh, Hinnerk; tú también me importas. Pero...

—¿Podría entenderlo mal? No lo hago. Pero al menos podrías darme una oportunidad.

—¿Otra más? —profirió ella. Debería ser gracioso.

—¿Pues ya he tenido una? —Su voz era áspera; lo había herido.

Ella vaciló un momento, luego sacudió la cabeza. —No lo sé. Creo que no.

—Entonces ya no tengo ninguna esperanza de conseguir una ahora. —Volvió a reír, a pesar de debía estar bien decepcionado. —Pero podemos pasar una tarde bonita. En amistad. — Miraba suplicante.

—Está bien. Iré. —Eso probablemente no se lo podía negar. —¿Pero ya me encontrarás bajo todas las máscaras?

Resolló. —Casi nadie lleva una máscara en los bailes de la asociación. Los berlineses no saben cómo se celebra el carnaval.

—Aun así, yo llevaré una máscara —aclaró decidida.

Debido a su vehemencia, por el rabillo del ojo le apareció la picardía. Pero ella no lo había dicho como un chiste. ¿Sería suficiente para esconderse de Chris?

—Te reconoceré. Porque yo mismo te entregaré la máscara. —La típica alegría de Hinnerk había vuelto. —Me traeré una para ti. De Bali o por ahí. En los aeropuertos de Asia se vende todo lo posible.

Una máscara de Bali, ¡eso sí que sería algo!

Se veía aterradora. Hinnerk le había llevado la máscara dos días antes del baile, directamente tras aterrizar. De acuerdo al lema del baile, Madeline se había decidido por un vestido de época Biedermeier a cuadros con mangas abullonadas; pero cuando vio la máscara, cambió su plan. Para ella necesitaba algo marcial.

Con tan poca antelación, el alquiler de disfraces sólo le ofreció la selección entre un disfraz de vampiro con mangas anchas, que supuestamente debían representar las alas; y un disfraz de pirata que, realmente estaba pensado para un hombre. Al probárselo el disfraz de pirata le quedaba como a un espantapájaros; aun así, se lo llevó.

En la gran sala de la asociación, Gaston Berraque, un estudiante del conservatorio, se turnaba con un pequeño combo, que no sólo podía tocar jazz, sino también los típicos bailes de salón. En la segunda, la música venía de la conserva, típico por la importancia de los bailes disco. La diversión de los niños también se reducía un poco por el hecho de que el sonido disco no debía molestar a los que bailaban al lado. Por lo menos, tenían un pinchadiscos, Chris, que esa tarde hablaba consecuentemente en inglés, para destacar claramente su programa del de los miembros más ancianos de la asociación.

George arrastró implacable a Madeline a la sala para los "adultos", como él la llamaba. Era tal como ella había temido: La mayoría estaban disfrazados más bien sin gracia, algunos ni siquiera disfrazados.

Marga se había esforzado a fondo, había decorado las mesas con serpentinas y confeti, y había colgado farolillos envueltos en sogas coloridas a través de la sala. Pero eso era lo único, que le confería carácter carnavalesco a la sala. En todas las mesas había varios lápices cortos, que incluso George miraba extrañado.

Los abuelos iban sin enmascarar, lo que significa que también su máscara era fútil. Todos podían adivinar quién era. Ojalá Hinnerk apareciera pronto y la liberara de esta atmósfera terrible. Por otra parte, al lado estaba Chris. Si aparecía junto a Hinnerk ahí, seguramente él también la reconocería a pesar de su máscara *chic.*

Marga pasó por las filas y repartió las tarjetas de baile entre las damas. Parecía divertirse mucho con su idea. —Es de época por el lema del baile. —Del que apenas nadie se había percatado. Pero nadie se atrevió a rechazar la entrega de la tarjeta de baile. Marga había hecho que las diseñaran siguiendo un modelo muy tradicional: en la parte de afuera, el logo de la asociación y un hueco para el nombre de la dueña. Dentro, todas las piezas de música con los detalles del baile, título y compositor; y debajo una línea para inscribir la pareja de baile.

Naturalmente, todo el mundo fue a saludar a George. Cuando el primero de los caballeros preguntó a Madeline, si tenía una tarjeta de baile; contestó que no. George protestó furioso y ella tuvo que concederle una entrada al caballero. Pero cuando después Robert Merck puso rumbo hacia ella, tachó rápidamente varios bailes.

—Mi pareja no está aún aquí. Así que eso lo hace un poco complicado.

Él rió presuntuoso. —Si hubieras venido conmigo, no te habría dejado plantada.

—¡Hinnerk no me ha dejado plantada! Trabaja. —Pero por un instante no estuvo tan segura de ello. Hinnerk había estado extraño cuando le llevó la máscara. Y cuando ella le había pedido que la recogiera, él la había esquivado con una excusa barata.

Como dudaba de dejarle su tarjeta de baile a Robert, George la miró de lo más disgustado. Tan sólo abrió la boca para decir algo, cuando Friederike posó la mano en su brazo y lo frenó.

Se podía poner bien. Si sólo se hubiera quedado en casa. Con un bajo gruñido Madeline le cedió a Robert su tarjeta de baile. Pero cuando él quiso apuntarse para un segundo baile, ella se la arrancó rápidamente de las manos. Justamente Robert Merck. —¡No tienes un monopolio sobre mí!

—¿Ah no? ¿Tal vez Hinnerk? ¿Has tachado tantos bailes para él?

Madeline se levantó de golpe, cogió su bolso y se arrancó la máscara de la cara. —¡Déjame en paz! —La mirada dirigida a George, desgarró la tarjeta de baile en pequeños trocitos. Si solo se atreviera a decir algo al respecto. —¿Quién tuvo esta estúpida idea? —Lanzó los papelitos al suelo.

George se había puesto rojo y en la sien de Robert una vena palpitaba claramente visible. Pero nadie dijo nada, no querían montar un espectáculo.

—No necesitas llevarme a casa, abuelo. Cojo un taxi.

¿Por qué no estaba todavía Hinnerk ahí? El pensamiento, de que no podía confiar en él sólo la ponía más furiosa. Echó mano a la máscara y se marchó. Con un portazo intencionadamente alto lanzó la puerta de la sala tras de sí.

Al abrir la puerta del hueco de la escalera, se encontró con Hinnerk.

Él la detuvo sonriendo. —¿Ya ha terminado la fiesta?

Ella bufó, a lo que él la siguió riendo. —Entiendo que no te ha ido bien en el salón de baile y que te has despedido de tus abuelos.

Ella bufó otra vez.

Hinnerk la cogió de la mano y la giró en dirección contraria al descansillo de las escaleras. —Fantástico. ¡Justo así tenía que ser!

—¿Qué? ¿Te has vuelto loco? —Intentó soltarse, pero él apoyó su brazo firmemente sobre sus hombros.

—¡Ven! Ahora puedes divertirte. —Él la empujó de nuevo escaleras arriba.

Ella estaba demasiado perpleja como para oponer resistencia. —¿A qué viene eso?

—Te he estado esperando aquí. Suponía que no lo aguantarías mucho. ¡Vamos a bailar en la sala disco!

Entonces ella empezó a tirar de nuevo violentamente de él para liberarse. —¡Oh, no! No voy a entrar ahí. ¡Chris es el pinchadiscos!

—Ponte la máscara. No te reconocerá.

Ella no estaba nada segura de ello. Cerró los ojos. —¡No quiero!

—Tenemos una cita, ¿lo has olvidado?

—Hace media hora. —Resolló enervada.

—¿Sí? ¿Habíamos concretado una hora? —No, no lo habían hecho. ¿Había sido a posta? —Con que Chris también esté ahí, con eso sí que puedes contar.

—¡No! —Ella fue pisando tras él, finalmente tuvo que soltarla. —Él baila *square dance.*

—¿Quieres decir que ya no va de discoteca? ¿Demasiado mayor?

—¡Chris no es demasiado mayor! —¿Por qué decía eso?

—¡Pues entonces, ven! —Hinnerk la empujó a través de la puerta de entrada hasta el bar. Dejó que Marga les sirviera dos copas de *prosecco* y brindó con Madeline. —Por que el resto de la tarde sea mejor que el comienzo.

Ella alzó su copa sin beber, y la nariz de Hinnerk se frunció por la diversión.

Él sacó una máscara de su bolso y se quitó el abrigo. —¡A la batalla!

¿Qué batalla? Ella tenía otra vez la sospecha, de que él tramaba algo. Tomó su copa y la vació a toda prisa.

Hinnerk abrió la puerta a la sala disco y *Snow in July* de Marusha sonaba por el pasillo. Se deslizaron dentro rápidamente. Bajo la luz atenuada los que bailaban eran apenas nada más que sombras que se movían a contraluz.

Chris había girado la cabeza hacia ellos. La luz que había caído por la puerta abierta probablemente había dirigido su atención hacia ella. ¿La miraba fijamente? Madeline sacudió la cabeza irritada. Bajo su máscara, no se le podía reconocer y el disfraz demasiado grande disimulada sus formas femeninas; con mayor motivo en esta oscuridad. Aun así, se le erizaron los pelos de la espalda.

Chris llevaba una simple media máscara veneciana, que parecía resaltaba el brillo de sus ojos.

—¿A qué esperas? —le gritó Hinnerk al oído. Tiró de ella a la pista de baile.

Madeline cerró los ojos y se dejó llevar por el ritmo de la música. Pero todavía sentía la mirada de Chris. Fija. Interrogadora. Insistente.

Tras dos piezas rápidas vino un *blues,* y Hinnerk la atrajo hacia sí. —Mejor aquí que al lado, ¿verdad? —Estaba acalorado por el baile, y su calor quemaba a través de su disfraz. De repente estaba demasiado cerca de ella e intentó poner distancia entre ella y él. Ella ahora bailaba con los ojos abiertos y en el siguiente giro su mirada se cruzó con la de Chris. Definitivamente, la miraba fijamente.

—Chris me ha reconocido. ¿Cómo?

—¿Por la manera en que te mueves? —Hinnerk empezó a tararear la melodía. Se comportaba como un gato feliz. ¿Qué ocurría aquí? Entretanto ella lo creía capaz de haberle mostrado la máscara balinesa a Chris antes de habérsela llevado. No habría dado ni un rodeo.

La pieza terminó y ella se soltó. —Tengo calor. Vamos a coger algo de beber.

—Hum. Espera aquí. Voy a tantear el terreno. Seguro que no quieres que te vea tu abuelo. —La dejó a tres pasos de distancia de Chris para ir a la puerta. La abrió y miró con cuidado hacia fuera.

Realmente fue ridículo, y Madeline se rió de ello en alto. Asustada, se llevó la mano a la boca; pero demasiado tarde, naturalmente. Ahora seguro que Chris la había reconocido.

La ira se apoderó de ella. Qué tonta, por siquiera haber venido. —¿De qué te ríes? —Bufó contra él. Chris no se había reído en absoluto.

—Ese disfraz te queda fantástico, Madeline. —¿Cómo podía su voz seguir sonando tan suave, como si la acariciara, con ese volumen?

Madeline dio automáticamente un paso más cerca. La mirada de Chris la quemaba y su ritmo cardiaco se aceleró. Dio otro paso más. El equipo de música los separaba, pero su *aftershave* llegaba hasta su nariz. ¿O era solo el recuerdo del olor? Unir un olor con un hombre era algo que nunca se habría imaginado en la vida. —¡Qué bien que te diviertas tanto!

—¿Tú no? —Su mirada se dirigió a la puerta, donde Hinnerk seguía de pie; luego de vuelta a ella.

Madeline se encogió de hombros. —Le he hecho un favor a Hinnerk. —Qué bien que la máscara escondiera lo roja que se le estaba poniendo la cara; cuando se dio cuenta de cuán equívocas eran sus palabras. —Él... pues no tiene una pareja de baile fija, porque está fuera muy a menudo.

Chris asintió. —Un problema para el *square dance*. Hace ya tiempo.

Madeine movió por incomodidad los dedos de los pies para no tambalearse de un pie al otro. También su mirada fue hacia la puerta. —Hinnerk espera.

Chris volvió a asentir.

Ella no se movió. —Debería... —Se aclaró la garganta. — Podría traerte algo de beber.

—Eso sería muy amable por tu parte.

¡Amable! Salió volando para no explotar frente a sus ojos.

—¡No hay moros en la costa! —Hinnerk la cogió de la mano y fue con ella al bar. —Qué pena, que tus abuelos conozcan la máscara.

Ella se colgó de un taburete. —Sólo deberían dejarme en paz. ¡Tarjetas de baile! —Resopló. —Sí que te has perdido algo.

Marga les presentó espontáneamente un *prosecco* y una cerveza. Madeline se echó la máscara sobre el pelo y se secó el sudor de la frente con el dorso de la mano. Luego se lo bebió de un trago. —No me gustaría saber cómo se sienten las bailarinas de samba en Río. Deben terminar nadando en sudor por el calor de ahí.

Hinnerk rió. —Tal vez sí que van a nadar.

Madeline le levantó a Marga la copa vacía. Marga enarcó una ceja.

—Tiene dieciocho años, Marga. Ya no puedes detenerla.

Marga gruñó algo y le rellenó el vaso a Madeline. —Si bebes tan rápido te va a dar hipo.

—¿Hipo? ¡Anda ya, ya no voy a crecer más! —Volvió a vaciar su copa de un trago. —Eso ha sido por la sed. La próxima copa la beberé con devoción. —Se inclinó sobre la barra. —Siempre que tengas otra marca. Esta de aquí… —Arrugó la nariz.

—También tengo agua mineral. —Marga parecía decidida a hacer de la guardiana.

—¿Tiene abuelo miedo de que los tan respetables miembros de la tan renombrada asociación puedan emborracharse? ¡Por carnaval hay que emborracharse! —Colocó la copa vacía para rellenarla y se giró a Hinnerk. —¿O no?

Él se encogió de hombros. —Vengo de Alemania del norte. Ahí se conoce el carnaval incluso menos que aquí. —Madeline cogió la botella mientras Marga servía. —Déjala fuera, así no necesitas preocuparte por ella. —Sonrió. —Estará terminada antes de que se caliente. —Con cuidado, se tocó las mejillas. De repente las sentían un poco entumecidas. Curioso.

Se bajó del taburete deslizándose y cogió su copa. —Ven a seguir bailando. —Tras un paso se volvió de nuevo. —Marga, le he prometido a Chris que le llevaría algo de beber.

Marga la miró un poco alelada. Luego sacó una cerveza del frigorífico y la abrió. Hinnerk también la miró, pero eso parecía más como un triunfo, ¿no?

Madeline cogió la botella de cerveza con la otra mano y se pavoneó de vuelta a la sala. Hinnerk iba bien cerca de ella, una mano bajo su codo, como si quisiera sostenerla. Pero para abrir la puerta tuvo que soltarla. La súbita pérdida del apoyó irritó a Madeline y se apoyó en él.

Chris había dirigido su vista hacia ella, como si la hubiera esperado. La puerta era realmente difícil de pasar por alto. ¿Por qué Marga no la había hecho arreglar hacía mucho? Siempre era tan concienzuda.

La cerveza sacó espuma en la botella por el impulso con que Madeline la puso delante de Chris.

—¡Gracias! —Hizo chocar la botella contra su copa de champán. El CD se había terminado, y Chris se movió rápidamente hacia el lado, para poner otro.

—¿No tenemos ninguna canción de carnaval apropiada?

—¡Por supuesto! Al lado.

Hinnerk se puso a su lado. —Si quieres bailar agarrada, tienes que volver donde tus abuelos.

Se enfurruñó. —Pero si se piensan que estoy en casa hace rato. —Chocó ligeramente su copa de nuevo vacía con la botella de cerveza de Hinnerk. —Ahora te has olvidado de traer el *prosecco*.

—¿Yo? —Hinnerk rió divertido.

—¡Pues claro! Quizás me tomes por un monstruo, pero seguro que aún no tengo tres brazos.

—No pierdas la esperanza. Tal vez todavía te crezca uno.

Madeline se quedó contemplando a Hinnerk perpleja por un momento. ¿Ahora se volvía abominable? Eso se pasaba de las típicas bromas. ¿Qué demonios le pasaba?

—Mejor que no. Entonces seguro que alguien me querrá aún menos. —De repente hipó. Tampoco había ayudado para nada que hubiera bebido lenta.

—¿Alguien aún menos? —La mirada de Hinnerk se desvió un momento; ¿hacia Chris? —¿Todavía no son suficientes los que te cortejan?

—¡Bah! ¿Qué debería hacer con ellos? Imberbes. Niños. Jovenzuelos verdes. —Se percató de la expresión dolida en el rostro de Hinnerk y se llevó la mano a la boca, asustada. —Con eso no me refiero a ti. —La máscara le pinchaba en los dedos, bajó la mano.

Espió hacia Chris por el rabillo de ojo. Miraba impasible. —¡Y tampoco me refiero a ti! —Hipó de nuevo; esta vez se alegró de ello. El hipo ocultaba lo amarga que sonaba.

Chris alzó la cabeza un poco más; su mirada se hizo atenta.

Madeline se echó la máscara hacia atrás por el pelo y señaló con un dedo hacia él. —Tú perteneces a otra categoría. —El siguiente hipo la interrumpió. Chris no se movió. Ella se acercó; se medio inclinó sobre el equipo. —A los otros que no me quieren. —Chris apretó los dientes, los músculos de sus mejillas se contrajeron.

El siguiente hipo, aún más violento, hizo que le temblara la mano y ella dejó la copa rápidamente sobre el equipo. Chris extendió una mano. Pero no para alcanzar la copa, sino su brazo.

Ella reprimió un sollozo. —¡No me quieres!

—¡Madeline! —Sus ojos le imploraban, y ella se preguntó qué le imploraba él.

—Me criticas constantemente.

—No quería herirte. —Sonó flojo, no era ninguna disculpa seria.

Ella lo fulminó con la mirada. —Pero lo has hecho. Más de una vez. Y yo… —Echaba chispas de ira. —Por tu culpa he dejado colgado al grupo. ¡No puedo soportar verte!

El tragó saliva pesadamente.

—Entonces, ¿por qué estás aquí? —preguntó Hinnerk desde atrás.

Ella se dio la vuelta como un torbellino. —¡Porque tú me has obligado! —Intentó sobrepasar la música. —Aunque tú sabías que él estaba aquí.

—¿Y tú no lo sabías? —Hinnerk rió irónicamente.

—Madeline. —La voz de Chris tras ella era baja, curiosamente, sin embargo, ella la oyó. Luego se percató de que la música se había interrumpido.

Ella se giró de nuevo y señaló al equipo. —Estás descuidando tu trabajo. —Él no se movió.

Ella miró hacia un lado. Naturalmente, ahora tenían la atención de todos. Lo que todavía le faltaba ahora, si alguien se lo contara a abuelo.

Otro hipido le impidió hablar. Apretó las manos contra el dolorido diafragma. Y luego tuvo la sensación de que pronto se pondría mal. Tragó con dificultad.

Hinnerk la empujó delicadamente un paso hacia el lado y caminó hacia Chris tras el equipo de música. —Yo te sustituyo. —Apretó brevemente el brazo de Chris.

Chris respiró hondo y fue hacia Madeline, con la mirada dirigida fijamente a su rostro. Se acercó tanto que sus caderas se acariciaron y una oleada caliente subió por Madeline. Se agarró a su hombro.

La voz de Chris se endureció. —¡Has bebido demasiado, Madeline!

Ella alargó el cuello. —Sí... —Un hipido... —sí, ¿y? Ahora tengo dieciocho años. Ya no tenéis que mandarme. —Intentó lanzarle una mirada desafiante, pero tenía dificultades para centrarse. De alguna manera, la sala daba vueltas. Sin embargo, tenía la sensación segura de que una sonrisa se desplegaba en el rostro de Chris.

—¿Ahora tienes dieciocho años? ¡Me parece que me he perdido tu cumpleaños!

—No estabas invitado. —La sala giraba más rápida y ella se apoyó contra él.

Chris la rodeó con los dos brazos y la guio fuera de la sala. —Marga, necesitará algo para la cabeza.

—Mi cabeza está estupenda. —Se dejó resbalar sobre el suelo en el bar. —¿Por qué me vejas, Chris? —Lágrimas corrían por su cara. —No soporto verte. —Se apoyó en el artesonado de madera y cerró los ojos. Una lágrima goteó sobre su mano.

De repente, Chris estaba sentado junto a ella en el suelo y la atrajo hacia sí. —Yo también te quiero. —La acarició por el pelo, luego sus dedos llegaron a su nuca y la acarició con el pulgar mientras la sujetaba. Su boca estaba sobre su mejilla y, despacio, él le besó una lágrima tras otra continuamente.

—Tengo el doble de años que tú, Madeline. No tengo ni idea de cómo puede ser posible. Eres tan joven y... —Paró y la besó suavemente en la boca. Su lengua jugó un instante con sus labios, luego se soltó. —Quién sabe si tenemos una oportunidad. Pero, por dios, te quiero. Quiero tener este tiempo contigo, da igual cómo termine al final.

Madeline abrió los ojos y echó su cabeza bien atrás para poder verlo. —Tenemos mucho más en común que tan solo el baile. —Ella quería reír, pero una nueva ola de náuseas la arrolló. —Todo irá bien. De una forma y otra —Ella se agarró con sus dedos a sus hombros. —Conquistaremos un día tras otro. —¡Al diablo con la borrachera! Era feliz.

FIN

Si les ha gustado esta novela, por favor, recomiéndela.
Les agradezco sus críticas y comentarios.

Más novelas sobre el Club de baile Lietzensee:

„Quick, quick, slow – Club de baile Tanzclub Lietzensee" es una serie, que se escribe entre más autoras. Aparte de „La nieta", de Annemarie Nikolaus se han publicado:

De vuelta al parqué

Tras un grave accidente de tráfico, Friederike Lagrange debe renunciar al baile de competición y dedicarse, en su lugar, a la enseñanza secundaria. Ahora se arriesga a volver al parqué con un compañero de trabajo. Pero mientras planea con el Club de baile Lietzensee una película sobre los bailes en el Barroco, su marido quiere volver a bailar con ella. ¿Puede resolver su dilema sin ofender a ninguno de los dos?

Celoso de una estrella.

El amor secreto de Tanja Walter es su pareja de *square dance*, Micky Hasloff. Pero cuando los bailarines son contratados para un *western*, ella coquetea con la estrella de la película, Manolo Rioja. Micky sabotea el rodaje por cellos. Un encuentro con Rioja y su mujer lo convence, de que la estrella no se interpone en su camino; sino su propio miedo. ¿Se arriesgará ahora Micky a manifestarle su amor a Tanja?

Sobre la autora:

Annemarie Nikolaus, nacida en Hesse, vivió durante 20 años en el norte de Italia. En el 2010 se mudó junto a su hija a Auvergne, en Francia.

Estudió Psicología, Publicidad, Política e Historia y trabajó, entre otras, como psicoterapeuta, educadora, periodista, lectora y traductora. Desde el 2011, publica preponderantemente en forma independiente. Autora *Qindie*.

Si quiere permanecer en contacto:
Blog: https://bit.ly/33PnDlX
Twitter: http://twitter.com/AnneNikolaus

Publicaciones:

En español:

La República Real. Colección *Mundo en llamas.* ISBN de la edición impresa 9782902412945

Aquitania: el final de una guerra. Colección *"Al borde del camino...".* ISBN de la edición impresa 9782902412723

Silencio Forzado. Thriller breve. ISBN de la edición impresa 9782902412815

La nieta. Colección *Quick, quick, slow – Club de baile Lietzensee.* ISBN de la edición impresa 9782493398079

Celoso de una estrella. Colección *Quick, quick, slow – Club* *de baile Lietzensee*. ISBN de la edición impresa 9782493398086

Difunto. Cuentos fatales. ISBN de la edición impresa 9782902412631

Historias mágicas. Cuentos infantiles. ISBN de la edición impresa 9782902412778

Justicia sin Ley. Breves relatos históricos. ISBN de la edición impresa 9782902412976

Brillante Esperanza. Calendario de adviento.

En alemán:

Novelas y Cuentos

Históricas

Königliche Republik. Novela histórica. ISBN de la edición impresa 9782902412471.

Verjährt. Cuentos históricos de suspense. ISBN de la edición impresa 9782902412549.

Fantásticas

Die Piratin. Novela fantástica. ISBN de la edición impresa 9782902412495

Das Feuerpferd. Novela fantástica, en conjunto con Monique Lhoir y Sabine Abel. ISBN de la edición impresa 9782902412501.

Magische Geschichten. Cuentos no solo para niños. ISBN de la edición impresa 9782902412488

Renntag in Kruschar. Antología fantástica.

Leuchtende Hoffnung. Novela de ciencia ficción ilustrada. ISBN de la edición impresa 9782902412563

Suspenso y crimen

Haus zu verkaufen. Drama de familia. ISBN de la edición impresa 9798476020721

Ustica. Thriller breve. ISBN de la edición impresa 9782902412556.

Tot. Relatos cortos. ISBN de la edición impresa 9782902412587

Verjährt. (ver arriba)

Románticas

Die Enkelin. Colección "*Quick, quick, slow – Tanzclub Lietzensee*". ISBN de la edición impresa 9782493398093.

Flirt mit einem Star. Colección "*Quick, quick, slow – Tanzclub Lietzensee*". ISBN de la edición impresa 9782493398109

Zurück aufs Parkett. Colección "*Quick, quick, slow – Tanzclub Lietzensee*". ISBN de la edición impresa 9782493398116

Libros de no ficción

Turismo

Aquitanien: Das Ende eines Krieges. Colección "*Am Rande des Weges ...*". ISBN de la edición impresa 9782902412570

Colección sobre literatura y libros

Suche Reisebegleitung. Colección "*Fliegende Blätter*". ISBN de la edición impresa 9781499608427.

Junge Welten. Colección *"Fliegende Biätter".* ISBN de la edición impresa 9781500971991

***

www.ingramcontent.com/pod-product-compliance
Lightning Source LLC
LaVergne TN
LVHW091727190726
843493LV00001B/484